今生最美的际遇

在他人的故事里遇见更好的自己

菩提洲◎编

海南出版社
·海口·

图书在版编目（CIP）数据

今生最美的际遇 / 菩提洲编 . -- 海口 : 海南出版社，2017. 9.（2025. 7 重印）.

ISBN 978-7-5443-6488-1

Ⅰ . ①今… Ⅱ . ①菩… Ⅲ . ①散文集 – 中国 – 当代 Ⅳ . ① I267

中国版本图书馆 CIP 数据核字 (2017) 第 006283 号

今生最美的际遇

JINSHENG ZUI MEI DE JIYU

作　　者：菩提洲
责任编辑：张　雪
装帧设计：水玉银文化
责任印制：郄亚喃
印刷装订：河北盛世彩捷印刷有限公司
读者服务：张西贝佳
出版发行：海南出版社
总社地址：海口市金盘开发区建设三横路 2 号
邮　　编：570216
北京地址：北京市朝阳区黄厂路 3 号院 7 号楼 101 室
电　　话：0898-66812392　010-87336670
电子邮箱：hnbook@263.net
经　　销：全国新华书店
出版日期：2017 年 9 月第 1 版　2025 年 7 月第 4 次印刷
开　　本：787 mm × 1092 mm　1/16
印　　张：16
字　　数：190 千
书　　号：ISBN 978-7-5443-6488-1
定　　价：42.00 元

序言 Foreword

知君何事泪纵横

修行解脱路上，可能不会有鲜花，不会有掌声，不会有太多物质名利，但，一定会有眼泪。

有时是弟子赶来拜见上师，有时是上师千山万水地来到弟子身边，我目睹过，有未见过上师的新师兄看着照片没来由地哭起来，有亲近依止二十年的弟子哭得要左右搀扶。

上师每每见到弟子哭，总是要幽默地劝慰一番，说，“弟子不要哭，你慢慢说”“今天天气很好，你们不要下雨啊”。

其实我也哭。

母亲在我出家后第一次跟我说话时，问的第一句话是生活是否习惯。她真是一位坚强的母亲。一别都门三改火，年近九十的姥姥说这辈子不知道还能不能见到我。虽然终极理想是莲池相见，但仍然辗转回家探望了她们。

当吉祥光明塔建设的日日夜夜，上师在工地上穿梭着，肩膀上扁担两端的水泥溅到僧衣上，厚厚的一层。一座塔，两世人。

当几位年逾古稀的老弟子，不停地顶礼，要把身寿供养给上师，唯愿上师长久住世广利众生。

当有次生病，讲完网络课，关上麦克风，马上眼泪就下来了，特别想上师，想他的慈悲，想他的奋不顾身。

当和法师秉烛夜谈，说上师的恩德，说僧团的管理，说众生的苦和乐，说解脱的易与难。

当看到上师眯起眼睛，轻轻昂着头，回忆二十多年前有关法王如意宝的一个时间节点，久久不语。静默的灯光映照得两鬓斑白——上师在思念他的上师。

以及，每一次听到上师念诵法王如意宝的祈祷文。

即便是眼泪也多么幸福啊。它是修行的润滑剂，当感觉这条解脱路枯涩难行时，眼泪是最好的加持品。有那么一个人，有那么一个机会，让我们看清自己的心，看清未来的路，从此喜怒哀乐，再不是为了自己。

这本书中的诚挚文字，很多是用眼泪浇灌着含笑绽放的。其实最难得的也就是这里了，一个字“真”。随手翻开其中任意一篇，细细读下去，心绪不由得随着进去了，如果心足够安静，就会感到和自己有太多的相似。或是对曾经陷入僵死生活的挣扎，或是太多情绪无法处理的痛苦迷茫，或是初遇上师时的喜悦激动，或是佛法带来的思悟和豁然。

于是，这些似乎也不只是文字了，而是一条条路，一滴滴的晶莹。一开始分你的、我的、他的，读着读着，反而模糊了你我界分。所有的路，交织成了一条——探求本自具足的光明圆满。所有的眼泪，汇融在了自己心里——是上师给的温暖。

既然是路，一定会不虚此“行”。不仅是收获了很多珍藏在各人心尖上的上师教言，而且还有一些修行的要诀，等待着去发掘和领受。

还有一些我想说的。

“冥冥之中”，可能佛教徒不太提这个有些宿命论意味的词语，但我仍然清晰地感到因缘的力量是多么的不可思议，或者说，精准。

六年前，恰恰是今天，我在一座古老的寺院里初遇上师。上师拿出两本书递给我，一本《次第花开》，一本《佛子心语》。他知晓一切。《次第花开》，我看过，听过，抄过，写过感言，粗浅地讲解过其中的篇章。

所以，冥冥之中，我应该为这本脱胎于《佛子心语》的新书，写下这篇序言。

来表达我对因缘说不尽的感恩。

拥措卓玛
2017 年 5 月 26 日藏历火鸡年萨嘎月初一于虹光山上

目录 Contents

第一章

无常一课

第二章

西行路上

第三章

安乐之源

第四章

尘尽光生

第五章

寂静生涯

第六章

山上很美

第一章 无常一课

无常乃事物普遍具有的性质，可是人们往往要到迫不得已的时候，突然遭受变故、生病、别离，才会去注意它的存在，所以人们误认为是无常带来了痛苦，而实际上造成痛苦的不是无常，而是对无常的恐惧。克服这种恐惧有两个办法，一是熟悉无常，二是了解恐惧无常的原因。

——希阿荣博堪布

空中惊魂

The flower that smiles today
Tomorrow dies;
All that we wish to stay
Tempts and then flies.
What is this world's delight?
Lightning that mocks the night,
Brief even as bright.

[译文]

今天还微笑的花朵，

明天就会枯萎；
我们愿留贮的一切，
诱一诱人就飞。
什么是这世上的欢乐？
它是嘲笑黑夜的闪电，
虽明亮，却短暂。

——雪莱《无常》

起飞很准时。我的座位可凭窗俯视，整个城市渐渐模糊，飞机钻入云层。

已飞一个多小时，仍不见乘务员发放食物和饮料，我感觉很奇怪，乘客也在向乘务员要水喝。这时，广播响了，飞机里的气氛顿时紧张起来："尊敬的乘客，我们非常抱歉地通知大家，由于发动机机械故障，我们将启动第二个发动机，请乘客们在自己的座位坐好，系上安全带……"此时，我明显感觉到了飞机在急速下降，因下降过快，强大的气流变化使机舱上下产生剧烈颠簸……

飞机从万米高空急速坠落到最后一千米，此时的我已经从开始的惊恐变得有些麻木了。过快的下降速度，让机舱里的人看起来像是簸箕扬起的沙砾一样。下降产生巨大压力，我的头部开始剧烈地疼痛，眼部毛细血管也因受到挤压而破裂，我透过窗玻璃的反光看到自己的眼球红得可怕。几分钟过后，头部再次剧烈疼痛，一些幻觉开始出现，曾有一瞬间，不知自己是在哪儿。机舱里极度混乱，几乎所有的女人和小孩儿都在尖叫和哭泣……

这时，我攥紧了手里的念珠，这串念珠是我的上师希阿荣博尊者送给我的。我在想："我不能就这样死去……"过了一会儿，我定了定神，开始念诵上师心咒：嗡格热湛嘉巴扎色德啊吽……

没有多久，广播又响了，还是说主发动机出现故障，正启用第二发动机（据说，第二发动机通常在起飞时用，高度一般不超过1000米，否则燃料会凝固，无法启动），广播还在安慰大家，说机长在尽最大努力，飞机正在向原出发地飞；如果飞机下落的状态无法控制，将降落在附近的机场或迫降在海上，还说现在可以打开手机联系家人，以防不测。

听到允许开手机，我想着只怕是凶多吉少了。人们开始与家人联络，一些乘客在忙着找救生衣，还有些人干脆拆下坐垫并绑在身上，有人还把放行李箱的舱盖打开了，双脚站在座位上，双手抓住行李舱的外沿，说两脚离地悬空着飞机坠地时会减少伤害。

飞机一直在低空一千米左右的高度飞行，穿梭于群山之中，窗外巨大的山体不时从身边掠过，让人心惊胆战……机舱里顿时又乱作一团。

头一直仰靠在椅背上的我，已经万念俱灰。我想，做什么都是徒劳的。现在，最让我感到遗憾的是，我此生还没真正修行过。我出身贫寒，双亲含辛茹苦把我抚养成人，那时家里但凡有好吃的东西，父母一定会留下给我，自己绝舍不得吃，我还没来得及报答他们。中学毕业后入伍参军，退伍后承蒙领导赏识，被分配到机关，前程无限。几年前，爱人的户口和工作刚调入我所在的城市，住房三室一厅，小宝宝也很可爱。

我一直坚信万物之间存在一种相互吸引的磁力。几年前我拜见了希阿荣博师父。我手里的这串佛珠就是皈依时师父给的，一直带在身上，每逢遇到不顺都会拨动。皈依后我把烟戒了，除了工作上的应酬，一般不沾酒，常参加护生。

虽然佛法的熏染令我比过去沉着多了，但此刻心里还是很怕。

身边一位一直在哭泣的女孩好奇地看着我，问我为什么会如此镇定。我安慰她说：“其实我也很怕，但如果我们一直这样紧张，面部那么难看，万一飞机坠落后要辨认尸体，起码我们的表情不致到认不出的程度。”女孩看上去平静多了，她哪里会想到，还在开玩笑的我，此时的心境已是如死灰般的凄凉。

我没有给家人打电话，怕他们受到惊吓，但最终还是打开了手机。我想联系一位师兄并委托他，万一我遭遇不幸，帮我照顾我的家人，恰在这时，电话上有来电显示。号码好像很熟悉，是“138xxxx xxxx”，但却让我一下子想不起来是谁，一接通，竟然是上师！

师父问我在哪儿，我一边哭诉，一边东一句西一句地说经过。师父呵呵地笑着说：“弟子你不要紧张，一定要祈祷三宝加持，我也会加持你，应该不会有问题。”

大约下午4点钟，飞机安全落地了。我忍不住给师父发了个短信，把此时内心的感激和惊喜都汇报给他。

航空公司在候车室安排了心理医生，对每位乘客进行了简单的心理辅导，重新调配了一架飞机。有一百多名乘客因受了此番惊吓而放弃了乘机。再次起飞时，机上只有大约五十名乘客。事情过了几天了，当我想起它时，还是全身大汗。记录此次经历与同修共勉，是希望朋友们也因此去**认识、体会生命中的死缘，其实它离我们并不遥远。**

嘎荣多登

2011年11月

一日一日，生活只是这样的擦肩而过，不可阻挡也无可挽留。佛陀教我们放下对这无常世间的常执，其实我们不想放下也在放下。这一生不就正在离我们而去么。因为执着，失去显得格外痛苦。

——希阿荣博堪布

空山零雨

上师知！

此时此刻，请您了知我，示现您的慈悲。

请您加持我，让我铭记死亡；

请您加持我，让我坚固心志；

请您加持我，让我早日面见本心；

请您加持我，让我能够即身成佛；

请您加持我，让我能够救度一切有情。

当桃花如火如荼地喧闹在江南的城街时，春天的气息在峨眉山依然走得悄缓。在那林翠雾冷的氛围里，湍流的心河亦会不知不觉地流转得慢些。上师说：出家前，你去峨眉山待一段日子吧。于是，我来到峨眉的息心所。学戒的时候，方知梵语之谓沙门，其一意即为“息心”。

抬眼望去，息心所的前壁刻着普贤菩萨十大愿王。小住的那段日子，我几乎每天早课都会诵一遍《普贤菩萨行愿品》的长行文。在长行文第九愿“随顺众生”的经文里，普贤菩萨说：“何以故，诸佛如来，以大悲心而为体故。因于众生而起大悲，因于大悲生菩提心，因菩提心成等正觉。”何其广大与方便。

到达的第二天恰好是藏历莲花生大士的节日。去万年寺供灯前，我特意重读了《普贤上师言教》中“轮回过患”部分。人间的五十年是四天王天的一天，而四天王天的五百年却只是复活地狱五百年漫长寿数中短短的一天。这些简简单单的数字以前并没有好好思维，那一天读来却字字惊心：浮沉中的生死，苦长乐短，万般无奈。

特意地去供灯，是因为这一段时间也正是我哥哥今世极其苦痛的最后一个多月。去年的 9 月，望着父母在机场与我送别后一高一低相伴着离转而去的蹒跚背影，唏嘘之间，我庆幸出家后幸亏有哥哥陪伴他们。一个月后，他却被确诊晚期肿瘤。

在异地听到这个消息，死亡的气味好似也到了鼻子底下。对我来说，哥哥代表着我生命中温暖而又所剩无几的亲情。我害怕哥哥的死，因为它意味着亲爱变成亡冢，拥有转至失去，熟悉化了陌路，遗憾无从弥补。走在南半球春光乍泄的小街上，想到哥哥是那么喜欢在明丽的公园里独坐，而这份闲适他可能再也不会拥有。我被突如其来的悲哀充塞得难以呼吸。心痛的瞬间，我问自己，到底什么是生，什么是死？我们通常想的那个生，是那有呼吸能触摸的；那个死，是不再有生息而渐渐腐去的。但是，生同死可不可以没有分别？让那生死无别的又是个什么？

为了哥哥的事打电话给师，不急不躁地说着，师却道："你学佛也那么多年了，怎么还那么不平静？"当时的我没有听明白。

其实，在内心深处，我没有接受无常。虽然生死无常、因果轮回是一个佛教徒应该持有的最基本的信念，我执着今生的亲情与生命的延续远远超过对他们三世因果以及来世解脱的关注。一份亲情的消逝所留下的悲哀是要由生者来承受的，我们又常常在一个人要走的时候才想到他种种的好。我好不愿意面对这份失去和悔痛。站在哥哥五十来年的生命前，我只想把他拉住。

以后的几个月，在念经放生忏悔找药的忙碌间，我的心绪随着哥哥病情的时好时坏而飘荡。每一次发心放生、守戒、礼拜、念经后的回向，我都愿他能够转病危为安康，余生皈依佛门，来世往生极乐。一直在他临走前的最后几天，我仍然执着于希望他能够活下来，他会活下来。

听说哥哥最后的几个星期是在极其痛苦中度过的。由于腹水的缘故，他的肚子鼓胀到几乎如一个小人的高度。因为不能进食，人瘦得头脸均变了形，羸弱极细的头和四肢团缩在一个不成比例的肚子周边，痛楚至极，凄哀莫言。每一次听到哥病情恶化的消息，我总是会动这样的念头：佛法到底有没有帮到哥哥？

就这样，我在峨眉山吃饭睡觉，诵经礼拜；疑惑着，悲哀着，烦恼着，感恩着。**再缓慢的日子也留不住那些零碎的念头，而他们又像那山里的雨，来猛的时候可以急打窗棂；回头看时，却又似开晴后被太阳晒白了的庭院，找不到一丝雨的痕迹。生死是否也是这样，又有又没有？有的是什么，没有的又是什么？**

哥哥最后的几天里，我有种不祥的预感。一个晚上，我突然生起一念："面对哥哥的绝症，我是否错用了心？生死是否其实要从自己的心里了？ 不能了脱自心之生死，何以能期了得他人之生死？"

哥哥很顾家。他曾说，临走前，他的心愿是一手拉着儿，一手拉着妻。在他真走的那一刻，儿子远在美国，妻子赶往家中取衣服，年迈的父母不忍去医院眼睁睁望着他走。病榻上的他两只手是空的。“郎如陌上尘，妾似堤边树。相见两悠扬，踪迹无寻处。”念念牵挂，依旧步步是空。

记得许地山先生写有一篇《爱的痛苦》的散文。“拉夫斯偏”是里面那个牛先生的话，但我一直读到很末了，才看懂那原是英文“Love's Pain”的音译，谓作“爱的苦痛”。譬如，牛先生常可以从他屋里的窗口望见邻家的女儿在院子里抱着幼小的弟弟晒太阳。女孩拉来拧去地对付着弟弟，渐渐地把他弄哭，却转而又温柔地拍着他说：“噢，噢，姐姐好爱你，好爱你！”慢慢地，男孩也就又欢笑起来。这样子，翻来覆去地。于是，牛先生不由得摇头：哎，拉夫斯偏。

那个弟弟，好似无数个我的哥哥，以及无数个我。那个姐姐，好似轮回这张很大很大的网。

这一年的夏天，哥哥死了，我出了家，嫂嫂去了美国，母亲则迎来了她第八十二个春秋。母亲终于买下了她与父亲日后的墓地，父亲却叹气说：“太早了！”

“普愿沉溺诸众生，

速往无量光佛刹。”

贝玛拉嫫

2014年1月

大多数人面临死亡，不论何种形式的死亡，都是身不由己、极度惶恐的。他们所有的知识、技能、思想都只能应对现世的、与生相关的问题，而死亡是什么，该怎么办，他们很少考虑过。

——希阿荣博堪布

一场车祸

我是一个平凡的货车司机，终年往返在318国道上。

2013年，我在希阿荣博堪布座下皈依。之后我也经历一次死亡的考验。就是这次濒死经历，使我见证了上师加持的力量，从某种意义上说，是上师三宝改变了我的整个人生。

那年春季的一天，我驾驶货车行驶在路上，318国道的这一段，弯路很多。我双手握着方向盘，心里祈祷着莲师。在路边看见一位藏族母亲背着她的孩子，那孩子向我挥手。这温馨的一幕让我想起了母亲，拨打电话却总是因为占线没能拨通，就这样继续往前赶路。

货车马上要拐入下一个弯路时，突然间，我发现刹车失灵了。因为是弯路，所以失去刹车时，车速并不那么快。我一是觉得如果现在做出任何冒险的举动——比如弃车不顾而跳车——会造成车上货物的损失，没办法弥补；二是觉得自己可以恢复刹车。于是，我这个笨蛋，就那样一直握着方向盘。

我用尽了全部力气，换到了1挡上，可还是控制不住。车子很快就滑到了更陡的下坡路段，我猛烈地踩刹车，没任何反应。那白色气表的指针仍然还是零，车速在不断加快，车窗外树木一闪一闪，移动得越来越快。死亡的气息越来越近，我像是被一张网死死地困住，心底万般无奈却无法挣脱。这感觉就像是不会游泳的我马上就沉到了底，内心有种说不出的压抑，也变得极度恐惧。我的腿不知不觉已经抬得比方向盘还高……低头看了一下时速表——每小时80公里！我急迫地告诉自己：跳车，快跳车！可我犹豫了：这车货怎么办？这一犹豫，错过了最好的时机，下面的这段路，如果跳车，我将必死无疑。

我开始大声念莲花生大士《金刚七句祈祷文》。可念到一半，就感觉已经没时间了，车速越来越快，死亡就在下一秒！

车子还在往前滑，前方又面临一个弯道，我只有一个念头：对面千万不要有车辆，不要再出什么乱子了。令人绝望的是，一辆货车正好停在了马路中央！我根本没办法会车，左侧是崖石，右侧是陡坡，顺着山坡长着一片松树。摆在眼前的，只有两条路，一是我的车子向对面的车直直地撞上去，二是让我自己的车滚下山坡。我尖叫着：“喇嘛钦！喇嘛钦！喇嘛钦！……”此刻唯一的感觉就是，车子像失控的野兽一样向对面那辆车奔去。只有不到100米的距离了，透过车窗，我清楚地看到对面车里坐着几个人，也看到了他们惊恐无助的眼神——他们似乎吓呆了，一点从车里跳出来的意思都没有。“算了，还是我自己死吧！干吗还要让这么多人死啊！”从刹车失灵到此时，我来不及思考，眼睛一闭，猛地用力往左侧打死方向盘，以当时的车速再加上处于弯道，我的车转了 180 度，翻向山下。

“轰隆隆——”耳边传来巨响……

再次睁开眼睛时，我发现自己倒挂在驾驶室里。我想动，可一点也动不了，方向盘与车座把身体死死地卡住了。我无助极了，很害怕。幸好手臂可以动，用手反复摸着胸口，告诉自己“不要害怕、不要害怕”。我用右手摸着头和脸，想检查是否在流血；右手碰到了地面，发现离自己脑袋一拳的距离就是一块坚硬的大石头；再摸摸腿，动不了，也没有任何感觉，只有脚趾可以动，腿断了，也许要截肢了；左侧盆骨也剧烈地疼痛，应该是碎了；还有左侧肋骨被方向盘压进去了，也应该是断了……四周死一般寂静。车楼的顶盖与前挡风玻璃没了，透过阳光，我看见外面全都是松树。我不能就这样死去，我根本没有能力去面临死亡，哪怕变成一个没有知觉的皮球人也没关系，我可以念佛死去，我可以有更多的机会准备。皈依以来没有精进地修行，每次上师仁波切在开示无常的时候，我总觉得离我太远了，和我没关系，可现在事情真的发生到我的身上了，我却束手无策，懊悔不已。我咬着嘴唇，在心里嘶喊：“我做错什么了？为什么沦落到如此的地步？”可当我回忆往昔所做的那些恶业，我觉得我该承受这样的业报，因果要是错了就不会像现在这副嘴脸了。不管怎样，我希望自己能活下去，还有忏悔的机会。慈悲的上师，弟子真的知道错了。此时我基本喘不过气，尽量调整呼吸节奏，生平第一次感觉到呼吸是那么珍贵的奢侈品。

寂静中突然传来“嘭”的一声巨响，我想知道是怎么回事，下意识地回头，后背很痛，一个坚硬物体扎进去了，闻到血的味道，眼睛微微地张开，可什么都看不见。是油箱爆炸了？还是轮胎爆炸了？——“有人吗？有人吗？”传来几个声音。是的，有人来救我了！这时心里的紧张才慢慢退去，应该就是刚才在车里的那几个人。他们喊着：“车里有几个人，怎么样？你们是哪里的？……”

“快救救我。”我就像被夹住的老鼠，动弹不得，强忍着疼，用那微弱而又尖细的声音说出了这几个字，其余的实在没办法回答。有一个人时不时敲打我的车门，似乎在试探怎么营救。不知道为什么，我却伸出左手，在车门底下挖，把四个手指头伸出去在外面摆动，希望能有个人抓住我的手指头，哪怕是来安慰我也好。

营救开始了。可我真的高兴不起来，年轻时参过军的我有营救经验，上面有重达几十吨的货物压着，车楼整体变形，即使把车门打开了，身体仍被死死地卡住，我是出不去的，只能等死。

身体的疼痛更加剧烈了，我左侧的牙质不怎么好，也让我咬掉了一块。那疼痛是在分解我身体，那几个康巴汉子大声地喊着：“钦——涅——森——”这是“1——2——3——”的意思，原来他们把绳子绑在门上，往开拉。不一会儿，车门被拽开了，一个人连忙拽我的胳膊，想拖我出去。我几乎用尽了所有的气力喊叫着，他们这才知道，救我出去没有那么简单，慢慢地松开了我的手，放弃了把我从车里拽出去的想法。我还是倒挂着，一个人过来问话，我有气无力地说：“你们打电话报警。”他拿起电话报了警。那几个人时不时地说：“你要坚持，119 马上就来了。”

事实上最先赶到的并不是 119，而是电视台的人，他拿着摄像机在那里拍着。后来穿着警服的人也到了，他走过来，蹲下，问我是哪里人。疼痛使我沉默不语，也让我快撑不下去了。我感觉到身体像被砸碎了一样，堕胎的孩子是不是比我还痛苦？他们可是被活活地撕碎的啊！眼泪停不下来。实在太疼了，我想快点死。当时身体动不了，如果能动，也许我会选择自杀吧！就这样强忍着剧痛，一秒钟一秒钟地挨着，任疼痛浸透了整个生命……大概一个小时过后，从远处县城来了120救护车。大家都喊着："快让开，快让开，医生来了，医生来了！"一位医生冲过来，扎紧我的胳膊，注射点滴。可没过几秒钟，她说："不行，身体倒着打不进去！"又把针拔掉了。她每碰我一下，我都感觉像一把刀在身上割，自己像正在被屠宰的动物。我很想喊"不要碰我"这类话，可连声音都出不来。佛经中说，人死时四大分离，比活生生的乌龟被脱去壳还要痛苦，我现在真的体会到了。

神志还算清楚的我提醒着自己：不要忘了上师，下一秒可能就死了。我努力地观想上师瑜伽唐卡中上师的法相，可怎么也想不起来。唯一能想起的，是上师穿着喇嘛的衣裳……上师的形象在心中渐渐地清晰起来，我感觉上师满头是汗，伸出手不断地轻抚我的头；上师并没有说什么，只是他那眼神充满了温柔，充满了力量……一股暖流涌上心头，我看着他——我的上师——就这样一直看着他。此时，我开始想到了众生的苦，想到了地狱众生的苦，开始观想我正在承受所有众生的苦。就在那时，苦，在我的心里有了另一层定义。

围观的人越来越多了。我睁开眼睛，看见旁边有一位穿着喇嘛衣裳的僧人。我用尽了力气抬起手，伸向他。他站在西面，阳光有些刺眼，我看不清他的样子，此时只有嘴角在动，声音只有我可以听见："喇嘛、喇嘛。"他连忙过来双手捧着我的左手，然后擦我头顶的汗水，嘴里也不停地在念经，他反复搓着我的手，我努力睁开眼睛，他的表情充满了焦虑，在看怎么才可以把我救出去。他知道救不了我，即便如此，他还是用手撕扯着坐垫。坐垫一动，我就痛到极点，感觉身体像是被撕裂了，“吱，吱，吱——”紧咬着牙，整个衣裳被汗水湿透，身体渐渐失去了温度，我感觉很冷，眼前的一切开始模糊。

消防队员来了，他们开始用无齿锯切割车体，可压在车上面的货太重了，营救被迫停止。此时，周围的百姓说着不标准的普通话，就应该如何救我，激烈地与消防队员争论。争论过后，大家都沉默了，围着我，看着我走向死亡。

我知道那位医生在给我量血压，听到她说：“他快不行了，你们快和他说话，不要让他睡过去。”这时一位身穿警服的人问：“你有没有家人？你知道家人的电话么？我帮你拨电话，你和她们通话吧！”他们说的话我都能听清楚，而且神志也清晰。我挥挥手指头，示意不用打电话了——打了又有什么用呢？自己死了就算了，打了电话，我的老母亲会因为我着急死的。

他们想尽各种办法，的的确确没办法救我，我还是被倒挂着，再没有人敢靠近我，只能看着我死去。不过，疼痛好像开始减轻了，身体变得麻木，我微微睁开眼睛，眼前的一切越来越模糊。一位藏族大哥走过来，他用手抚摸我的胳膊说：“坚持住！坚持住！”我感觉到他的手像火炉一样，那么温暖——哦，是我快没有体温了吧！此时我口渴极了，我非常想喝水，可我说不出话，我只能挥动手，努力抬头去看他们。一位藏族大哥低下头，我在他耳边说：“给我一口水喝吧！”他喊着：“谁带水了？”可医生说：“这时不能给他喝水，有可能会马上死去。”我的呼吸虚弱得像一根线，那么软，那么细……一切都要结束了，我是一个在下一秒就要死掉的人。

他们那悲伤的叹息声啊！我心里清楚他们在叹息什么。

就在这时，一位藏族妇女走了过来。她蹲下，抓住我的手，开始给我念经。她一边念经，一边抽泣着——她哭了。那哭声，是我这辈子听到的最美的哭声，每一声抽泣与下一声的经文，都让我从痛苦中抽离。我的心不由自主地跟随着她的声音。她一直抓住我的手，给我温暖，给我勇气。我昏迷过去了，昏迷中我看见有人把我从卡车里拖出去了，我高兴极了！心里想获救了！获救了！一个嘴巴打了过来！医生大喊着："不要睡！不要睡！"当睁开眼睛时，我想知道，那位念经的藏族妇女还在吗？我侧过头看她，她还是握着我的手念着经。不知为何，有她在，我没有丝毫的恐惧感。

此时我向天上看：在我头顶上方湛蓝的天空中，西方三圣就在那里！而且就在西方！中间的阿弥陀佛是那么耀眼，我看到的是满眼的金色……我的内心宁静极了，周围的声音静止了，一切都变得那么的温柔与祥和，我感到幸福和满足。我再次昏迷过去，还是看到了一个人把我从车里拖出去，此时那位喇嘛双手合十放在额头前，一位藏族妇女吓得把头扎进她丈夫的怀里，一位民警低下头抹去他眼角的泪水……"啊！"一阵疼痛把我叫醒了，原来是医生在处理我后背的伤口。那位念经的藏族妇女微笑地看着我，眼里含着泪花，我紧紧地攥了一下她的手，紧紧地盯着她，此时嘴角开始不断地流出液体，时不时地作呕。痛苦让我紧闭双眼，我再一次看到我被人拖出卡车。随后我坐在雪山上，旁边是上师仁波切，我依偎在他的怀里，这温暖已经把我融化了；我嘴里还含着一块糖，很甜，并且看到了一望无际的大海，我很幸福，很享受此时的时光；微风掠过我的身体，那么柔软，可风越来越大了，我被一阵猛烈的风刮醒了，原来是医生给我鼻孔里接了氧气袋，我的身体里充满了风，我又再次醒来了。

终于吊车赶到了，消防队员连忙捆绑压在车楼上的钢筋。钢筋被吊起来的那一刻，我长吸了一口气！我知道：自己又活过来了。

紧接着，消防队员开始切割变形的车楼。火星四溅，一位消防队员拿着他的帽子挡住我的脸，有的火星落在我的胳膊上，可我一点都感觉不到疼。另外一个人开始切割我头顶上的松树。一位藏族大哥用手腕那么粗的绳子绑在了方向盘上，旁边有人连忙说："方向盘可要是拉坏了怎么办？"藏族大哥大声地喊着："都什么时候了，拉坏了不就正好出来了吗？！"听到他们的对话，我的嘴角露出了笑容，这些人真的很可爱。我听见上百人齐刷刷地、用响亮的藏语喊着："钦——涅——森——！钦——涅——森——！"这一次，康巴汉子们竟然把车给撕碎了。我的头一下子扎在地上，我该出去了吧！可没有人敢碰我，医生们讨论着，周围的人束手无策。

旁边离我最近的是一位藏族小伙子，他身穿着黑色的T恤衫，我抬起手抓住他。他低下头靠近我，我用尽了力气，用微弱的声音说："你把我拖出去，我没事的。"他听懂了。我感觉自己就像是他的一件衣裳，一下子就给拽出去了。4个多小时过去，我终于获救了！喇嘛钦！

被拉出去的我开始浑身颤抖，用嘶哑的声音哀号着："冷，我冷。"这时一件大衣披到了我身上，另外还有一件毛衣紧裹着我的脚，我被抬上了救护车。

在救护车里，我实在控制不了疼痛，还在哀号。旁边的护士一直在安慰我："马上就到医院了，你再坚持一下，你现在告诉我你哪里疼？"我颤抖着说："我的左侧肋骨断了，我的左侧盆骨应该碎了，别的我不知道了。"颠簸的救护车赶到了医院，在被拖进医院的担架上，我做了回向。接着我被安排做B超检查，查看内脏是否破裂、骨头是否断裂等。混乱中，听到医生说我已经严重脱水……进了病房，躺在床上的我，脑海中还在不断重复着事故现场发生的一幕一幕。

那一夜，我尝尽了疼痛的滋味，真的是生不如死！

第二天，我被送往成都的医院做了全面的检查与治疗。让人觉得不可思议的是：我的骨头竟然没有一根断裂，只是肌肉拉伤，内脏也完好无损。只是因为方向盘压的时间太长，左侧一根肋骨变形了而已，医生说用纱布捆绑好就可以慢慢恢复。

在医院只住了一个星期，我就出院了。

我后来才知道，那件大衣是一位好心的民警的，他不顾我这个将死之人的晦气，给了我温暖；而那件紫红色的毛衣，就是一直给我念经的那位藏族妇女的。在我最危难的时候，他们都给予我温暖，给予我希望，让我知道在这世界上，还有这么多的好人。救我的恩人们，你们如今都在哪里呢？我是多么想报答你们的恩德！哪怕是让我一辈子做你们的佣人，我也心甘情愿！

先巴华措

2015 年 12 月

上师与弟子之间关键的是心灵相契，无伪的信心可以穿越时间空间，而成就者的加持原本就无所不在。

——希阿荣博堪布

父亲无常时

有时恍恍惚惚地觉得自己似乎已经对无常有所了解和准备，但真当无常降临时，那份忐忑中夹杂着的不安，还是会让自己愧疚平日修行的脆弱，并深深感恩上师的帮助！

顶礼希阿荣博上师！

如同很多个这样的下午，阳光灿灿融融地透过宽大的落地窗洒进客厅。我蜷坐于柔软的沙发中，品着咖啡，和好友们一起享受着精致的茶点。电话铃响起，是妈妈，她来不及和我礼貌地问候，急促、焦虑和恐慌地哭诉道："孩子，你父亲快不行了！医生说如果不立即开刀，最多就只能活一个星期；如果开刀，死在手术台上的可能性很大，手术的结果也可能会成为植物人。"

我端着咖啡，晃了晃头，是的，无常来得这么安静和突然，尽管我曾很多次地假想过如何帮助父母迎接生命的终点，但，真的要面对时，还是强烈地想挽留父亲的生命，因为我还没有做好准备，尽管清楚地知道这样的执着是无益的。电话中，母亲断断续续地讲完了父亲的病情：今天一早一切都正常，他起床准备吃完饭后去散步，突然间站立时，小肠落入阴囊，并被死死地卡住了。母亲说，所有让小肠回到腹腔的办法都已经用尽，为了止痛，父亲一直在打哌替啶。现在，父亲的肚子鼓胀得比一个石磨还大。“肚子怎么会像一个石磨呢？”我问。“因为腹腔里气压太大，肚子胀得好可怕，我按上去都按不动。他整个下身都呈紫红色的了。”母亲哭泣不已，“你快拿个决定，开刀还是不开刀，二十分钟后给我电话。”

放下母亲的电话，我迅速地询问所有我认识的医生，所有的回答都一模一样：开刀或许还有百分之几的生存希望，不开刀肯定死路一条。小肠卡在里面，如果超过八小时一定会坏死并开始腐烂发炎，感染一定会传遍全身，而那时已经错过了最佳治疗机会。他们警告我说：立即开刀！

冷静之后，我想，对于父亲而言，他已经活过80岁；开刀会让他再次遭受痛苦，如果如同医生所估计的死在手术台上，他会不会怨恨；如果长期昏迷成植物人，恐怕也非他所愿。于是，我心里暗暗地做出了“不开刀”的决定，但如果直接这样说出来，我的母亲以及其他的亲戚是不是不会接受？这样的解释会不会让他们觉得我欠缺人情，非常不孝？

纠结中，我拨通了师父的电话，我问：“师父，开刀和不开刀对我父亲的往生哪一个更好？”师父说：“你自己的意见呢，弟子？”我回答说：“不开刀。”师父说：“在积极配合医生的同时，为他做功德，会更实在地帮助到他。”接着，师父交代说：“需要立即念诵《观音心咒》一亿遍，《阿弥陀佛心咒》一亿遍，《百字明》一万遍，并放生一万条生命。”并让我去寻求学院僧侣们的帮助。

有了师父的指导，我悬着的心放轻松了许多。我告诉母亲，不用手术，如果变成植物人是你需要的吗？如果在手术台上走，为什么不让他走得轻松些，还要去挨那些刀？母亲绝望了，她痛苦地说：“你快回来吧，为你的爸爸送终。”

朋友送我去机场。在离开之际双目互换关切时，我的眼泪涌了出来。很不好意思，让我的朋友清楚地目睹了我内心的不平静。不过，值得庆幸的是，现在在上师的教导下，我已经渐渐地对无常多少有了些了解。如果换在六年前还未皈依之时，面临这样的无常，她目睹我的慌乱一定会很不堪！

回家的路上，我回想着父亲和师父的结缘。六年前，我皈依上师三宝后，最大的心愿就是能让全家一同皈依，但深知难度不小。在去五明佛学院时，很多居士都在纸上写下了心愿并请学院的僧众念经加持，我也去了，排了很长的队，将一张写着“祈请佛菩萨加持家人皈依佛教”的纸条递给了念经的僧众。真的加持很大！几个月后，上师去北京治疗，我将上师去北京的消息告诉了父母，并问他们是否愿意跟我去北京皈依。竟然一点都没有遇到违缘，父母不仅一口答应，还让我在重庆的哥哥也一同飞往北京皈依上师三宝。在北京，皈依后的父母聆听了师父的开示，还得到师父“破瓦法”的传承！

父亲在皈依前就因为一次手术时的麻醉表现出很大的药物反应。他渐渐开始显现老年痴呆的症状，慢慢变得不记事，不识人，将所有过路的人都当成亲戚，邀请他们来家里吃饭。看着他已经不能正常地阅读佛经，我便想了一个法子。父亲疼我，一般对我提的要求全部满足。他毛笔字写得好，于是我向他要毛笔书写的《金刚经》。他认真地抄写后，仔仔细细地用手工缝线装订成漂亮的一本交给我，我高兴极了，一口气向他要了十本！看着他很晚还在灯下吃力地誊写《金刚经》，我内心真是悲喜交集。

后来父亲的病情越来越严重了，为了治疗，母亲决定和父亲一起回老家。临走的前一天晚上，他将1000元钱交给我，示意我供养三楼的佛菩萨。于是，我将这些钱放在佛龛前，准备去为他买一些香烛供养。第二天临走时，他进佛堂，翻遍身边所有的口袋，拿出了最后一个硬币，交到我手上，拉着我，来到师父的法像前，说："我要供养的是这位佛菩萨！"我明白了，眼泪一下子就流了下来，那时的父亲已经很难得表达得那么清楚了。父亲离开上海后就再也没能回来，也再也没有机会拜见师父，他给师父的供养也是在2010年我去扎西持林时，才全部记起帮他供养师父了。父亲没有机会跟随师父进行过很好的修行，但我相信，他当年最后清醒阶段对师父的信心，一定可以在他临终的时候帮助到他。

见到父亲后，我发现父亲的情况比我想象的要严重得多。为了趁这最后的时间多为他念念经，我几乎二十四小时守在他的身边。夜晚的时候效果较好，没有人打扰，我握着他的手，观想着上师在头顶，轻轻地将经文和心咒传递给他。念经的晚上，父亲很安详。邻床的病人好奇地说："念经还真有效。昨天你的父亲还大喊大叫。你看，他的手都被绑了起来，因为不停地在空中乱抓。"我难过地低下头，我读过一些关于临终的文章，大致知道这是怎么回事。

或许感应到了学院僧侣的加持。第四天早上，父亲居然睁开了紧闭的眼睛，还咧开嘴"哈哈"笑了几声。所有的人都惊呆了，包括医生！他们都说这是"回光返照"，让家属尽快做好善后准备。趁着他清醒，我对着他的耳边轻轻地说道："爸爸，你不要害怕哈！不要留恋这里，我们会照顾好妈妈。到走的时候，你会感觉到很痛，但要坚持，要勇敢，不要害怕，我会给你念经，如果你信心坚定，阿弥陀佛就会来接你，你一定要跟着他去啊！”他忽然非常清楚地大声问：“去哪里呀？”我一怔，紧接回答说：“去极乐世界！”他又问：“在哪里呀？”“在西方，阿弥陀佛的刹土！到时候，阿弥陀佛或是观世音菩萨来接你时，你不要认不得，要记得磕头啊！”他闭上眼睛，微微地点了下头，一行眼泪也顺着他的脸颊流下。我回头看，母亲已哭得一塌糊涂，跑出了病房。

我花了很长的时间幸运地说服了所有的医生和护工，临终之时，不要做强行的心脏再搏动作，不翻动身体，不洗脸、不换衣、不急救，不进冷冻室，不大声呼喊、啼哭，燃香并立即播放阿弥陀佛的佛乐等等。我将这些重要条款都一一写下，交给母亲、哥哥、护工等人手一份，并为邻床的病友也宣讲阿弥陀佛的极乐世界。做完这些，我还需要按照师父的吩咐去为父亲放生一万条生命。离开之前，我将平时珍藏的一粒师父的甘露丸含在父亲的口中，将师父的法相放在他的头顶。我确信，这些将完全能够帮助到他。

在去买生的路上，母亲来电，说医生做了最后一次透视，父亲的肠子已经鼓胀到十几厘米粗，估计寿命只有四个小时了。但我仍然要继续做完师父交代的所有事情。

买生顺利，运输也顺利，一路都有人来帮忙。当几位环保工人帮我将满满一小车的泥鳅搬到湖边时，四周安静极了。这是华岩寺专有的放生池，是一个天然的湖泊，此时湖面上降下数只白鹭，池面泛起点点涟漪的，是时而游上来的欢乐的鱼儿。我深深地祈请师父降临加持，大声地念诵经文，并将所有念诵和放生的功德替我的父亲回向给他的冤亲债主，希望他们因为我今天的回向，不再障碍父亲的往生，也希望我今天的回向使他们能够早日往生极乐刹土。

回到父亲病房时，发现所有的亲戚都围在那里。我走近，将手轻轻地放在他鼓起的硕大的肚子上准备做最后的告别。这时，一连串的响屁响起，很长、很大声，我有些不敢相信，望了母亲一眼，接着，又一串响起……医生也赶来了，他满脸惊愕，这似乎不像是会发生在一个临终之人身上的事。

两个小时后，父亲开始排泄，谁也挡不住地开始排泄，一连排泄了一周。一周后，他的小肠回到了他扁扁的腹腔里。医生说他可以出院了。

在医生的办公室，他告诉我，这是一个完全违背医学原理的事例。他没有想到，念经会有这么大的作用。就这件事情而言，上师三宝的加持增强了父亲生存下去的心力。

这样的事情，或许在我们的日常生活中并不具有代表性，但它就这样真实地发生在我和家人的身上。

我知道父亲的好转来源于他的福报，而他的福报又来源于师父和僧侣们的慈悲加持，来源于他和师父的结缘。我记得有一本《临终关怀》的书里是这样写的：病重时，不要为你的亲人祈求在世间的时间，而是强烈地为他们的顺利往生而祈求，如果他们还有生存的意志，那么这些祈请可以帮助他们强大内心的力量，逐渐康复。

成利措

2012 年 1 月 29 日

万事万物都在变化中，因此不存在注定不变的命运。我们甚至要感谢无常，因为它意味着凡事都有改变的可能。因为无常，我们永远有希望。

——希阿荣博堪布

云上

飞机一直在向上爬升，脚下城市的灯火已被云层遮蔽，虽是夜晚，云层上的夜空却透着清冷的明亮。你以为有月，可从舷窗向外找去，却没有明月，云朵的白，依然清晰，似自己本自的洁白，又好似借了月光的洁白。

我一直都很喜欢旅途中的时光，一是可以细细打量陌生的人，欣赏熟悉的夜空；二是在没有聊天的独处中，心很容易安静下来，甚至会有美若唐卡般斑斓的色彩，在云上幻化，像个调皮的孩子，自己编着自己喜欢的故事。

但是，这一回，故事出乎我的意料，更超出我的控制，我在云上和死亡擦身而过。

这是一架A320客机，机上坐满了周末返家的归客。又是最末一班，机上已睡去了一大半乘客，我的身边坐着一个浑身酒气的男人，他像刚被从酒缸里拎出来就直接放在座位上一样，机上满员，没有可以调换座位的余地。刚开始还好，我念着《观音心咒》回向给他，希望这个陌生的邻座以后别再掉进酒杯里了。可是，当飞机遇到空中气流，颠簸得很厉害时，我突然很不舒服，胸口似乎被重击后喘不上气来，不知道是酒味的刺激，还是剧烈颠簸的折磨，机上有的人开始呕吐了。我没有，但是身体已经出现失去控制的反应，手脚开始冰冷、麻木，肌肉僵硬起来。我挣扎着按了呼叫铃，空姐握住我的手，但我没有知觉，身体更加僵硬，呼吸变得急促，一位乘客提醒空姐“快拿氧气袋”。

我听得见，但什么也说不出来，身上的热量如同沙子，一点点从手、从脚底溜走，似乎把我周围的空气也带走了。他们让我平躺在稍大一点的操作间地板上，戴上氧气面罩，身上盖了几条薄被。我依然颤抖不止，听得见他们在广播里求助医生的声音。有医生过来了，有一位做过护士的也过来了，他们问我有没有带救心丸。我当然没有，去年虽然有过几次期前收缩，但都没有服药就好了，可是他们又不敢给我吃其他的药物。虽然飞机在云上，我却在不断地掉入冰冷的世界，除了胸口是温热的，四肢没有温度和知觉，但，神志越来越清楚，听力尤其好。我听到自己的呼吸超过飞机的轰鸣声，四周的人声错落有致，远近都很清楚，他们在商量要不要中途降落一个城市，把我送进医院抢救。现在回想起来，那个时刻，就是生命抽离肉身的时刻，就是看着生命溜走却无可奈何的时刻。虽然常修无常，但那个时刻，就连“无常”这个词也忘得干干净净，只想着无论如何能回到上师的身边就好了……

“此刻能回到上师身边就好了。”应该就是从这个念头开始，大约 10 分钟后，有人说 :“好点儿了，好点儿了，她的手有温度了，也软了！”

因为只有短暂的记忆，整个过程如今想来就像被甩到死亡的大门口，又被弹了回来。

后来，师兄鼓励我写下这次体验，想来修行人即使和死亡邂逅，也会将其看作检验自己的机会，如同大考前不断的模拟考试。希阿荣博师父虽然开玩笑地说：“弟子，你差点往生了！”但我心里感谢师父收留下我这个懒惰的弟子，让我感受生命的脆弱和坚韧。**生命就在呼吸间：恣意挥霍是生命，精进利他也是生命；微小懦弱是生命，宽阔弘愿也是生命。**愿每个和上师结缘的众生，都能得到佛法的润泽，让难得的人生有着难得的意义……

祝吉祥！祝众生安乐！

希阿拉姆

2009 年 11 月 10 日

无常并非佛陀的发明，他只是指出了一个总被忽视的真相。佛法不向你承诺安全感或确定性，事实上，它恰恰要打破你对安全的幻想。

——希阿荣博堪布

我以为早已了解“无常”

顶礼法王如意宝！

顶礼大恩上师希阿荣博堪布！

学佛几年的人，大都看了些书，背了些法语，也参加了些法会、放生什么的。就像自己买了保险后的兑现，觉得还不错，甚至容易不时生出些我慢，抑或分别念反而更强了，因为自己学习了几年。我观察过自己，就是如此。

因为习性，我喜欢读书，偶尔还能背下几段，“一切有为法，如梦幻泡影，如露亦如电，应作如是观”，还有“现见三有无常幻化相，舍弃今世琐事如唾涕”。通过反复背诵和反复观察，我以为自己早已了解了那个叫“无常”的东西。就连身边的朋友也夸我淡定了很多，尤其和我原来名利场的生活相比，我早已放弃了继续在里面欢腾、聚会、彼此恭维的社交生活。而以前的同事和朋友依然在各种媒体的头版、各种峰会的焦点、各种娱乐的头条。我独自在机场候机时，偶尔也会看他们一眼，然后继续喝杯子里的茶，读手上的书，听外面飞机起飞时划过我耳边的轰鸣声，一瞬而已……

我自以为是的安静的“佛弟子”生活，在9月7日下午4点30分轰然震裂，我才陡然看见一个那么狼狈不堪、六神无主、疲惫混乱的自己！

那时，我唯一的女儿遭遇车祸后躺在急诊室里，我正在工作室调试音乐，一个陌生电话把我叫到了医院。小小的女儿平躺在大大的急救床上，显得那么弱小、无助，满脸是血，衣服早被医生用剪刀剪开，身上贴着各种仪器的胶布，处于昏迷状态。医生让我不断在耳边叫她的名字，她虽然没有回应，但泪水沿着肿青的脸颊流了下来，我的眼泪同时也流了下来。就是在此刻，我写下这些字的时候，那个场景依然历历在目，泪水依然在我眼眶里打转。谁都受不了看到一个早上上学还笑着和我说“bye bye”的女儿，这会儿却如此不堪地躺在医院的急救室里。送我到医院的师兄替我向医生询问，医生说还要拍脑部和身体的片子，才能排除颅内伤和身体的内伤。而我已没有任何能力去判断和决定什么了，只剩下无边无际的悲伤和恐惧！

住在附近的一位好友赶过来帮我，可是我除了流泪什么也说不出来。

我用发抖的手拨通了上师的电话。师父听完了这边的情况，安慰我：“弟子，先不要慌，我会安排山上的出家人给孩子念经的，你一会儿再打给我，看看医生怎么说？好吗？一定不要慌啊，弟子！”

我起身马上去和医生谈，医生说要等片子结果出来才能决定如何治疗，而片子要等 8 分钟，那 8 分钟于我就像 8000 分钟那么长。终于，看完片子，医生说没有脑伤，没有内伤，但是锁骨骨折，颌骨情况不明，牙齿撞掉三颗，嘴唇下要缝针。

这对我来说，是最好的消息，意味着起码孩子没有生命危险！

关于后来住院的苦，不用说，稍有就医经历的人都可以想象到，女儿就像重生一次，重新学习吃东西，学习从躺到坐，从坐到站，从站到走路！

住院几天里，和女儿熟悉的几位师兄来看我们。我希望那个狼狈又悲伤的我，能让你们看清“无常”；那个思绪全无的我，能让你们看到“最执着处是最痛苦地”；那个疲惫不堪又不敢睡觉，让人无所心安的我，能让你们看见痛苦的“长相”。

因为我通过书本的学习，自以为掌握和了解的“无常”，现在才一个字一个字地展开，并一秒钟一秒钟地穿透我的身心。所有的背诵，所有听到的经验，这些天来，才是进入了实战！而我的勇敢和平时的淡定，早就跑得无影无踪！我败下阵来，败得那么迅速，几乎没有还手之力！

几天后，有个机会能见到上师，去的路上我积攒了满腔的委屈和眼泪，甚至想象着上师会对我倍加安慰，而见面的一刻，上师一如平常的样子，只是轻轻地拍了拍我的脑袋：“怎么样？弟子，好多了吧？”我刚才那么多的准备仿佛被抽走了一样，当下又回到了如常的简单当中。我的那些情绪也消失了，非常正常地回答：“感谢师父，好多了，好多了！”

师父说：“弟子啊，看样子，孩子还是让父母受苦多啊！”

这句话是说我和女儿的，我也理解为是说我们这些弟子和上师的。作为弟子，我很惭愧，在遇到困难和痛苦的时候总想着去师父那里找解药，就像孩子般一有事情就找爸妈一样，不管师父是不是很忙，或很累，像个任性的孩子般地索取、索取。

关于无常，关于因果，关于解脱，我得以重新学习，**在痛苦中的学习远甚于喝茶闲聊时的读书，在痛苦中的观察更锋利而清晰，在痛苦里的感恩也更真诚而充满情感，更深厚而稳固。**

这是这次败仗中最后的一抹明亮！我借此光亮看见了最后的机会——在对上师坚定不二的信心中精进修行，心无旁骛！

补记：

我的孩子住院第四天就出院回家休养了，医生都赞叹她的恢复速度！现在一切都在良性的恢复中。

感恩上师无时不在的加持！

感恩扎西持林的堪布和喇嘛们！

感恩所有疼爱女儿的师兄！

愿将此次经历所获得的小小感悟分享给每一个走在解脱道上的修行者！

希阿拉姆

2011 年 10 月

如果不是亲身遭遇变故、痛苦，一般人很难体会“诸受是苦”的深义。对痛苦的了解越深入、越全面，我们就越被激励着去实践离苦得乐的方法。在疾病以及其他的痛苦面前，我们完全有可能保持尊严和从容。

——希阿荣博堪布

光明菩提路

我出生在70年代，成长在80年代，岁月的沧桑变化对我没有丝毫的影响。当同学们结伴每天走在往返两小时的求学路上的时候，爸爸乘坐的皇冠轿车已经按时地停在校门口接送我下课了；90年代长大了，同学们为各自的工作而奔忙的时候，我却要放弃大学的生活，要求爸爸送我去驻港部队；当同学们成双成对地出现在影院或公园的时候，我仍旧睡在父亲的腋下撒娇。

26岁时的一个子夜，电话铃声惊醒了睡梦中的我：“丫头，你穿好衣服。你爸爸病重，我们马上过来接你！”里面还传出了母亲的哭声。我烦躁地对爸爸的同事说：“我妈哭什么啊，生病了，送医院啊，干吗大惊小怪的。”我迅速赶回家，在开门的那一刹那，我看到家里来了很多的人，整个单元的邻居都在惶恐地看着我，妈妈坐在沙发上哭泣。我冲进里屋时，妈妈紧紧跟着我，面对躺在睡床上的父亲，哭着对我说："孩子，你爸爸死了。"我气急败坏地对母亲说："妈，你说什么啊，爸爸怎么会死了呢？笑话！"妈妈的一记耳光狠狠地打在了我的脸上，同事们把母亲拉开了。我缓缓俯下身子触摸父亲温热的身体、柔软的双手、安详的脸庞。这时，一位老者告诉我，父亲死于"心衰"，急救的医生已经走了，瞳孔已经放大，人确实走了。周围哭声一片，我没哭，没有任何反应，只小声地说："爸爸没有心脏病啊，身体很好，只有胃病，傍晚我们一家三口还在一起散步呢，六个小时后我们就阴阳相隔了吗？！这不可能！我不相信，父亲在跟女儿开个天大的玩笑。"

以后的日子，我就像在某个剧情里的主角所演绎的场景，出殡、安葬，清明、冬至一一到来，我像演戏一般做着规定的动作。没有眼泪，没有哭声，因为我从不相信这是真的。父亲还很年轻，才 56 岁，高大魁梧、矫健倜傥、身体俊朗，怎么可能悄无声息地说走就走了呢？走的那天中午父亲还让我睡在他的脚下，吃过晚饭后我们和往常一样一起散步，他还兴致勃勃地教我开车。是谁把他带走了，连招呼也不打？每天我的脑子里都在想着同一个问题，说着同一句话："他去哪里了？他没死，我要等他回来。"渐渐地，同事们远离我，领导不敢叫我做任何事，办公室里再也没有了笑声。我整天待在办公室里低头练字，一篇一篇的字帖默默地写完，不和任何人说话，精神恍惚，只祈求父亲的出现。

就这样五年过去了，我期待着父亲的出现，哪怕是在梦里。可是没有，我始终没有等到他。心里反复地在问自己，无常是什么？这就是曾经听过的无常吗？无常带走了父亲，也带走了我的心，直到有一天我被送进了医院，医生告诉我，我患了严重的心脏病，必须手术治疗，可是我太年轻了，如果做手术也可能死在手术台上。

我的时间一天天在医院里过去，心脏极度衰微时，吃喝拉撒全在床上，除了绝对的卧床，剩下只有打针、吃药、吸氧。多少次当我被推进抢救室时，昏暗的灯光、阴冷的气息，身上插满了管子，仿佛来到了地狱的门口，隐约听到无数冤魂的低泣声。我惊恐地哭泣着，多希望父亲能救救女儿啊！有一天听见医生和护士谈论我："这个人不光是身体有病痛，心理也有问题，她爸爸的突然离世对她打击很大，三十几岁的人看起来像60岁的老太太，这个人完了！可惜啊！"我找了个借口挣扎起身，步履蹒跚地离开了医院。

我不要这样度过一生，极度绝望的我有了快速结束生命的念头。我来到湖边，任风吹拂我脆弱的身体，我看到了自然的美，人们的悠闲，而父亲始终没出现，我伤心地流下了眼泪。爸爸！女儿等不到你了。忽然，一个老者的身影出现在我的眼前，搀扶着我说："孩子，你应该去庙里修养身心，也应该为你的父亲超度啊，你的爸爸放不下你啊。"我的脑袋如同被劈开一般投入了一线光明。离开了所有的亲朋好友、事业家产，抛弃了所有的药物，放下了生死，我来到了莲花寺。

师父似乎对我的到来一点也不惊讶。他拿了一串佛珠、一本课诵放在我面前说："开始跟我念吧。"长期的病痛已使我看不清字体了，只能不停地念那一句："唵，钵啰末邻陀宁，娑婆诃。"后来我知道这是地藏灭定业真言。师父笑笑对我说："我们走吧，去看看你的房间，放下东西再下来吃晚饭。"我的心一阵喜悦，嗯，我想吃饭！天啊，我居然还有食欲！多少年了，我这个在几年里经历了六次胃出血，风都能吹跑的人，早已不知道饭是何味道。我对师父说："师父，我不会烧香，不会拜佛，什么也不懂，我是从医院跑出来的，给你带来麻烦了。"师父笑着对我说："我知道，我知道，你好好养身体吧，不管有什么事，一星期后再说，好吗？好好吃饭睡觉，会好的，会好的。”我感觉到从未有过的温暖。

寺院的宁静让我的心猛然平和起来。我每天都诵读地藏灭定业真言，一星期过去了，师父找到我对我说：“你好些了吧，从明天开始，早晨8点拖扫大殿，下午跟我上晚课，晚上敲钟，这就是你的功课。早课就暂时不要你上了，多睡会儿，但7点必须吃早饭。”我难免踌躇，现在的我可是连路都走不动啊……转念一想，我连生死都不顾了，师父安排做什么就照做吧，大不了死在寺院里。相伴晨钟暮鼓，按照师父的吩咐，我老老实实地遵守寺院的戒律。

一个傍晚，我与师父在院内散步，师父说：“你的气色还不是很好，你是没吃好还是没睡好？你有什么心思吗？”我对师父说：“师父，我吃得很好很多，日常的功课我也能如实完成，就是每天晚上睡不着，天天梦见我的父亲。”师父说：“我知道了，明天下午我们给你的父亲做超度。”

当蒙山施食法事的铃鼓开始响起的时候，我跪在凳上泪水如江水般汹涌而下，我再也无法抑制自己的情感，多少年来思念父亲的泪水终于迸发出来。大殿上，我对着面前的阿弥陀佛佛像不停地抽泣。身边的佛友小声提醒我：“大殿内不能哭，师父们在为你的父亲超度，你控制一下情绪。”而我无法抑制，压抑了多年的情感得到了彻底的释放。

在五年后的这一天，我才真正知道我的父亲离开了我。两小时的超度法事，我从开始哭到结束，但那个晚上睡得很好，没有梦，身心感受到从未有过的轻安。第二天我对师父说：“师父，我要皈依三宝，我知道自己找到了归宿，我知道佛菩萨是我真正可以倾诉的人，是最懂我的人，是我的依靠，三宝的力量拯救了我。”我开始在寺院长住了下来，一住就是三年。

三年里，除了五堂功课外，我把显宗寺院常诵的经典一一恭诵，先后恭诵了《金刚经》《华严经》《药师经》《法华经》《地藏经》等，成了带发的修行人。2008年，我初次看到《入行论》，被其深深地吸引，心里生起了学习藏传佛教的愿望。我开始在网络上寻找我需要掌握的所有知识。随着学习的深入，我开始在心里默默祈祷："我的上师在哪里？我会有自己的上师吗？"

2010年3月，一派春意盎然的景象。一天，如往常一样，我在网络上查找佛学资料，一个标题为"回忆上师"的视频弹了出来。我轻轻地点开聆听，陌生的面孔，悲伤、柔和，直入我心间，我的心跳开始加速，呼吸加快，思绪翻滚起来，也许是太过专注，也许是情绪变化太快，一遍下来我竟然没听明白：什么短歌？降魔金刚？前世？桑耶寺？

我深知失去依怙的感受。一位大成就者、大堪布，依然奉行着弟子对上师的恭敬和思念，犹如一个孩子对待父亲一样。希阿荣博大堪布就是我日日夜夜寻找的上师。我心里一阵欣喜，感谢诸佛菩萨让我找到了生生世世的依怙。在以后连续的几周里，我看遍了网站上的所有视频音频资料和上师的开示。

《如何做功课》《安乐》《善护口业》《关于皈依》都是我每天必听的内容，《夜海航灯》《扎西持林冬日札记》《足迹》等所有视频，是我在寂静的夜里、昏暗的亮光里与上师相伴的幸福时光。喜悦与安乐时时充盈着我，由于他的人格魅力、佛学修养、证悟境界、弘法利生的功德，也更坚定了我修学藏传佛教的信心。不能再徘徊，不要再等待，希阿荣博就是我要依止的上师！

一个月后，电话里传来希阿荣博上师熟悉而又亲切的声音："弟子，你观察好了上师没有？"我跪在佛像前静默了片刻，坚定地回答道："上师，我要依止您。"上师带领我念诵皈依偈，并给我念了上师瑜伽修法的传承。在那一刻我知道了，上师在我的相续中种下了解脱的种子。2010 年的 11 月 8 日，我真正来到希阿荣博上师面前，献上洁白的哈达。我离上师那么近，泪水再次倾流而下。

我坐在暖暖的小木屋内向外眺望，屋外雪花纷纷扬扬，犹如吉祥天女向人间抛撒她手中的鲜花一般，风吹动着远处的经幡哗哗作响，一切都是那么的安然，这是它们生命中的一部分。手里掐着念珠，口中念着“安住虚空遍满虚空者，上师本尊空行诸会众，诸佛正法以及圣众前，我与六道众生敬皈依”的偈语，泪水顷刻而下，望着屋外藏北高原的景象，感恩上师令我找到了回家的路，来到了雪域佛国圣地，委屈、伤心的泪水流出来，顽劣的弟子在外漂泊游荡了许久竟忘了回家的路，是上师三宝不离不弃我这卑劣的弟子啊，领我回家了。我要践行佛陀的悲愿，不离不弃度尽与我有缘的一切有情，擦干眼泪继续念诵“皈依四句”，一步一步坚定地走下去。

惹巴措

2011 年 1 月

一些人多年走不出亲人亡故的阴影，最重要的原因就是他内心深深的遗憾和无奈。人与人之间，包括至亲骨肉，总不免有该做而没做的事，该说而没说的话，该修补而没有修补的伤口，突然之间生死相隔、再见无期，他不知道自己还能做些什么。这种伤，有人带它一辈子。

——希阿荣博堪布

太阳照在她和土地上

北方的冬天，但凡阳光刺目，必是一个温暖的日子，就连四处觅食的流浪猫都会舒服地伸伸懒腰。我家阳台边的沙发，姥姥原来最喜欢坐在那里晒太阳，但是，好像做梦似的，她离开我们快一年了。阳光还是那个阳光，暖暖地洒进窗里，沙发上的人却早已不在了。也许，亲人就像秋天的落叶，在寿命终结后，纷纷离去，自己的孤独感才会慢慢具体而清晰地浮现出来。

在晒太阳的时光里，温度会让以往的记忆不那么冰冷了，带着我一厢情愿的美好感。

我们不都需要如此安慰，如此麻醉吗？需要娱乐忘却苍凉，需要美酒掩饰苦涩，需要成功装扮无常。这就是我们的如梦如幻。不管为强化现实做了什么，最后还是会被幻灭感弄得大笑不已，就好像自己给自己开了一个大大的玩笑！

就像叶子的正反面，一面是光滑的外表，一面是真相的脉络，无论你在光滑的那一面如何修饰，依然改变不了真相脉络的存在。

所以，真相真的让人沮丧。原来，这些和你统统没关系，就连你自己都和“你”没关系。别说自己已深谙出离，也别说自己证悟了空性。在每一个相似的冬日暖阳里，照过你过去的亲人，照着你当下的自己，明天依然照向你的孩子们，而我在哪里，解脱又在哪里？

人只要有问题，都想找到答案，就像受伤的人想找到药。

我去过姥姥的墓地，她已经和土地在一起了。如果，我觉得她依然喜欢晒太阳，那么，无论哪一个冬季的阳光里，无论我在哪里，只要手摸大地，就会感觉到她依然在享受这个暖暖的时光和温度，如同她生前坐在窗前的日光下。可是我为什么还会悲伤，还会分别着她和土地？这来自我自己的悲伤，也来自我自己的疑惑。

所以，一个小小的分别念，足以让我远离证悟，远离究竟的真理，远离真相！这样的沮丧甚至会生起一股恨意，为什么把真理高高地摆在佛堂？为什么念诵千遍的喉咙，还会因为哽咽而疼痛？悲伤如果可以化成菩提，我还需要走多远的路才能寻到方法？

昨晚，我做了一个梦，姥姥坐在一匹马车上，白色的马匹，威武健壮，我忍住不敢喊她，怕惊扰了她，因为她一如既往的宁静和安详，只是梦里没有暖阳。她和马车经过我面前的路，我知道，这就是想念，一个愚蠢而执着的想念。

因为这个愚蠢的梦，我懂了一点点慈悲：捆绑我们，使我们无法前行的是爱，也是恨；是无明，更是狡黠的懒惰。

把真理学会，再化成自己的肌肉，融化在行动里，这就是我们心心念念的修行吧！

感恩寒冷的冬季，

感恩刺目的阳光，

感恩思念，

感恩姥姥的离去，感恩接纳她的土地……

希阿拉姆

2015 年冬

佛法为什么可贵？不仅是因为它能帮助你实现愿望，更是因为当你愿望落空时，它能引导你放下失望、恐惧和执着，教你透过不圆满、不稳定地流转的现象，感受到喜悦清净。

——希阿荣博堪布

违缘

2015年的第二天，收到了期盼已久的上师新书——《透过佛法看世界》，怀着喜悦的心情轻轻翻开，一张印有上师法相的书签映入眼帘，书签正好夹在第133页——“违缘”。

“违缘”！呵呵，“违缘”——这几年好像如影随形的朋友，一直没有离开过我。不由想起2012年年底，上师与弟子的一番对话：

“弟子，你好吗？”

“师父，弟子挺好的。”

“弟子，你真的好吗？”

“师父，嗯……弟子其实不好，我最近一直很倒霉……”

“倒霉了？！弟子……过来让我看看。”上师仔细地观察后，突然爽朗地大笑起来："哈哈哈，弟子，太吉祥了！"

曾经，我一直不能理解这段对话。如今，两年多过去了，我逐渐开始明了这其中的深意。

是的，顺了三十几年的我，这几年，一直被违缘缠绕，每当我觉得撑不下去的时候，总会想到上师爽朗的笑声和那句"太吉祥了"。

这两年，好像一生的"不顺"都从天而降，让人应接不暇。如果有人觉得礼佛的目的是希求世间法的成功，那么我则是一个极其失败的例子。

首先是我的身体健康频频出问题。在朋友圈里，我一向以身体底子好而出名。读书时，有一次全校运动会，5000 米长跑开赛前，老师担心一名同学跑不下来，临时把在旁边围观的我叫去陪跑。比赛中有个练了几个月的高年级选手没有坚持到最后，我这个陪跑的轻轻松松得了第二名。因为身体素质好，以前我对身体弱的同事没有同情心，总觉得他们工作不努力，对于那种体力跟不上连轴转工作的人，我感到厌烦，觉得他们拖后腿。而近两年，我有不少时间卧病在床，有时爬都爬不起来，真是莫大的讽刺啊！

2012 年底我回国一趟，回到法国就开始咳嗽，一开始没有在意，但是病情发展得越来越猛烈，咳得腰都直不起来。做遍了各种检查，找不到原因，用了各种药和偏方，都止不住。后来鼻腔整个塞住，要不停地熏蒸汽才能勉强呼吸一会儿，非常痛苦。以前一向沾着枕头就能睡着的我，成宿成宿地剧烈咳嗽，加上鼻塞呼吸困难，夜晚无法入眠，疲惫不堪。这种痛苦持续了半年多，当时看到我的人都惊叹，一个人咳嗽可以严重到这个地步，而且用什么抗生素和止咳药都无效。直到 2013 年 5 月，我不仅无法下床，甚至不能动弹，一动则全身剧痛无比，在被送去医院急救后，病情才慢慢好转。后来，我才知道，急救科医生不得不给我用严格管制的药，主要成分是可卡因，因为当时我的肌肉已经因咳嗽拉伤，如果再咳下去，肋骨会裂缝。用了一段时间这种含有可卡因的药之后，我对沉迷毒品的人有了理解：生活中有再大的问题，身体上有再大的不适，用点致幻剂，一个“快乐”的状态就可以马上呈现，身心的问题好像可以在一瞬间退去，眼下就得到“安乐”。可是，这种状态是饮鸩止渴，会把人拉到万劫不复的地狱。

与此同时，我的胃出现问题，以前我根本不理解，有的人不能吃热的、冷的、硬的、辣的，生病的那段时间我领教了，吃什么胃都疼，不吃更疼，疼得缩成一团都无处逃避。也是非常奇怪，做遍检查，没有问题，找不到原因！可是，剧痛感是真真实实发生在我身上，为什么医生找不到原因呢？

因为咳嗽，我睡眠困难，咳嗽止住之后，失眠却成了习惯。晚上辗转难眠，白天也睡不着。有时候，一丝宝贵的睡意出现了，便赶紧上床躺着，希望抓住这丝睡意，而躺在床上，睡意又烟消云散了，没有亲历的人很难体会失眠的苦恼啊。安眠药从一种换到另外一种，从半片吃到两片，还是收效有限，即使因为药物能勉强入睡，半夜总会突然醒来，就再也睡不着了。

我从一个身体无比健康的人，成了一个风都能吹倒、经常卧病在床的病号。原来，吃饭时能吃得下，躺下去能睡得着，想走路时能站得起来，是件多么宝贵的事情啊！我开始后悔，以前拥有健康的身体时，自己从未珍惜，更没有过感恩，觉得这一切都是应该拥有的。其实一个人连自己的身体都控制不了，人生能把握的东西实在是少之又少。

在经历着身体健康问题的同时，工作上的违缘从未间断。了解我的人，谁都不相信：我把工作给丢了！我工作的机构是十年前自己一手参与创办的，从一无所有到具备现在的规模，倾注了我很多心血。我经常把自己工作的单位比作自己的孩子，因为我付出过那么多的时间、努力和激情！曾几何时，我也觉得自己不仅是单位的领导，更是这里的灵魂人物，只有我有更好的去处时才会选择离开，而我是永远不会“被失业”的。而命运和我开了一个大大的玩笑，我被扫地出门了。其中的原因，说起来，更是比“狗血”电视剧的剧情还“狗血”，我曾经毫无保留地帮助过多年的人，因为日益膨胀的个人利益得不到满足，在我拒绝了他申请的一个项目后，到处栽赃、陷害、冤枉我，不依不饶，无休无止，捏造假证到处告我，我无数次被调查，调查结果都是清白的。这个人继而疯狂地攻击和我工作相关的所有部门，以致和我工作有关的所有人都根本无法正常工作，我所在的单位和相关的部门都不堪其扰，于是，在长达两年的无数轮生死疲劳的博弈中，2014 年春节的除夕夜，我被停职了。

我在金钱上能够吃亏，干活也能受累，但是我受不了一点点冤枉。就好比明明是扶起一个被车撞的人，却被栽赃是肇事者，这种委屈我是真的受不了的，这口气我也是无论如何也吞不下去的，我觉得自己比窦娥还冤。一次被冤枉已经委屈，不断被冤枉真是难做到“安忍”啊。何况“墙倒众人推”，当我发现原来身边还不止一个人在陷害我，而且都是我两肋插刀帮助过的人，那种感觉真是欲哭无泪。如果说这段经历是一部电视剧，那么电视剧的主剧情则是：我被冤枉，有口难辩，欲把道理说清，事情却更乱。对我来说，以前信奉“投桃报李”“投之以木瓜，报之以琼瑶”的人际交往价值观完全崩塌了。原来，不是你对他好，他就会对你好；原来，你用至诚的心对待他，他还可能在背后不断地对你射冷箭。

与工作上和身体健康方面的违缘相比，最让我痛苦的是前所未有的家庭危机。父母和先生强烈反对我学佛，这个过程让人痛不欲生。真的不知道我前世有什么业障，学习佛法在家里遇到这么多的违缘。其实，父母以前并不反对佛法，我第一个接触的法师还是父母介绍认识的，自从我 2012 年 8 月去了一趟扎西持林圣地，家里开始把我当作一个“问题人士”和“失足中年”来对待，觉得我“中了邪”，“越陷越深”。母亲本身个性就执着，在反对我学佛这件事情上更是表现得淋漓尽致，为了和我作对，她甚至会到处诽谤佛法（阿弥陀佛！），给我造成极大的痛苦，在激烈的矛盾中，我们断绝了来往。先生本是极其淡定善良的人，在生活中一般都很随顺我，而在母亲施加的压力下，先生也开始反对我学佛，因为他认为做一个好人就可以，他不理解为什么要做功课，认为这些都是“形式主义”。

一向豁达的父亲也参与进来，他认为佛法可以作为生活的调剂，但是人生还是要以“儒家思想”为主体，所谓“天行健，君子自强不息”，所谓“修身齐家治国平天下”。我表示佛法不是我生活的“心灵鸡汤”，而是像空气一样，是我生命中的必需。父亲失望地表示，把我送到国外求学，我如果皈依基督教，他们都能理解；他们知道我的生活遇到违缘，为了调节心情，如果利用佛教来调节心情，作为一个补充，他们也不反对，但是最好信奉不落形式的禅宗，哪怕是净土宗他们也能接受，而我信的是藏传佛教，而且一信就这么深信不疑，他们觉得很危险，认为我被“洗脑”了。父亲还表示，作为知识分子，涉猎不同的学科没有坏处，看看佛典丰富知识，加强修养都不错，可是念诵功课，还是藏文功课，他们想不通有什么益处。于是，他们发动亲友把我当作“迷途的羔羊”来拯救，不遗余力。

虽然我一再迁就家人，他们还是激烈反对，不许我佩戴念珠，不许做功课，不许供佛像，扔我的经书，不许我吃素，甚至提醒我的孩子不要和我一样。信佛以来，我真的没有减少一点对家庭的眷顾，甚至改了不少坏脾气，而家人视而不见，他们需要的是一个“正常的人”。如果我花两万块钱买一个包，他们会很支持，不觉得我乱花钱；而我哪怕是花十块钱随喜放生，都会被他们攻击，并冠之以“愚昧”“破坏生态”等恶名。他们不知道，我随喜放生，可以得到无限的开心，而再好再多的衣服首饰，我真的真的一点兴趣都没有了。我试着和他们解释，拿起课诵集做功课，我会有很多喜乐，希望他们理解，而他们便更觉得被我“抛弃了”，我不爱他们了，我和他们在一起都不喜乐了，他们和我这么多年的感情，还比不上和师父、道友们几个月的感情。

更令人悲痛的是，我曾有机会追随上师几天，而家里不依不饶地反对我学佛，矛盾甚至闹到了上师和师兄们那里。那几天，他们不少的宝贵时间都用在调解我的家庭问题上。当时觉得这个家真的难以维系啊！父母只有我这个独生女，什么好的都希望给我，却不理解我最需要的是什么，成了我学佛道路上最大的反对者；想到当年初见，先生为了和我在一起，放弃了在别的国家很好的发展和前途，来到法国，一切从头开始，十多年对我言听计从，宠爱有加，却在反对我学佛这件事情上，神使鬼差一般，甚至做出惊扰上师和师兄们的事情，这一切是我做梦都想不到的。我开始发现，一切不是那么恒常啊！

在这一切发生的同时，我痛失了生命中一位重要的亲人。M太太是法国人，她是我在这里最亲的人，不知是什么因缘，比我年长的她，对我视如己出，十几年来无微不至地关爱我们一家，我和她相处的时间远远多于和自己妈妈的时间，我们分享了我生命中的喜悦和悲伤。无论是怀孕生子、工作置业，还是度假过节，我生活的点点滴滴都充满她的爱，在这个无亲无故的国度，是她给了我们像家一样的依靠。2013年6月，我们一起去意大利，在巴黎的机场吃饭时，她忽然觉得吞咽有点困难，我们都没有在意。到了10月份，我们和朋友在一个城堡午餐，她再次出现了吞咽问题，在亲友的催促下，11月她做了检查，结果很不好，是食道癌晚期，而且已经全身转移了。陪她放疗、化疗，2014年1月，她突然离开了。在病床前，我试图和她探讨关于生死的问题，她看着我说："我不能想这个问题，我没有权利死，因为我有一个残疾的儿子。我没有权利扔下他不管。"当时我们抱头痛哭，不敢继续这个话题。而无常还是降临了，那么突然，有再多的放不下，也不得不放下了。头天我们还在一起，第二天她便已经离开。这样热爱生活的一个女子，她在这个人世有那么多的牵挂，就这样离开了。因为没有丝毫准备，她的家人在处理后事时也费了不少周折。没有财产的人去世了，一样带不走，财产多的人离去，也是一样都带不走，反而给家人留下处理遗产的烦琐事宜。

我开始认识到，一生苦心积攒再多，到了最后，不管愿意不愿意，都得全部抛下。一生为了"安全感"而奔忙，舒适的房子、豪华的车子、听话的孩子、丰厚的养老金、健全的医疗保险，没有一样能够保证人的安全。每个婴孩握着拳头来到人世，最后都不得不撒手而去。

M太太离开后，我的失眠症状更厉害了。在违缘的旋涡中，只有修行能给我带来一丝丝清凉，让情绪稳定下来。在剧烈的悲痛之后，我逐渐意识到，不管接受不接受，无常就在那里，一刻也不曾离开。既然它就在那里，怨恨也好，害怕也好，都是无济于事的，还不如接受了好。上师不是说过吗：“**事实上对于无常，我们别无选择，只能接受，因为无常就是生活。年轻的会衰老，相聚的会离散，拥有的会失去，登高的会跌重，亲的会疏远，爱会变成怨恨。**”

当我慢慢接受无常，并开始习惯于无常的时候，事情开始不知不觉好转起来。2014 年上半年，完成了网站发起的“110 万阿弥陀佛心咒共修”之后，我的胃渐渐地好了，和以前一样，又可以吃热的、冷的、硬的、辣的了，还可以喝茶了。不过，和以前不一样的是，我不再认为能够“好好吃饭”是应该的了，一啄一饮，后面有着多少因缘际会啊，一口米饭，一口茶水，都能让我生出很多感恩。不知从什么时候起，我又能好好睡觉了，不管有什么事情，做完了晚课，我都能踏踏实实地睡觉了。但我也不再认为“能睡觉”是多么理所当然的事情了，早上从充沛的睡眠中醒来，睁开眼睛的第一个念头就是：“能睡着真好啊！”经过健康到不健康再回到健康的轮回，我对老弱病残人士有了更多的理解和同情。

在人生最初的三十多年中，我总在顺境中，很难有机会生起希冀解脱之心。有很多事情，以前我执着于把道理讲清楚，分一个“是非”，结果更多的是讲不清楚。以前喜欢“讲理”，如果觉得自己有理而受到不公正的待遇，会觉得很委屈。而现在觉得很多事情，“讲理”不是那么重要了，因为自己也许是对的，但是对方也不一定错。只求自己能够谨慎取舍因果，做好自己的本分。有这个时间去纠缠，还不如多念一些咒子呢。

现在回想起来，其实早在两年以前，就有师兄和上师谈到我当时的工作，觉得我有些身不由己，连信仰都不能自由。上师当时便对我说过：“你做这份工作也可以利益众生，不过今后做不做这份工作，你都不要执着，好吗？”

当时我并没有想到，后来我会以一种无奈的方式离开自己的单位，但是现在回想起来，虽然我当时收入丰厚，但是需要身兼数职，平衡各方面的人际关系，疲惫不堪，不知不觉间也免不了造作恶业。失去这份工作之后，我有更多的时间修行，也不用回避自己的宗教信仰。虽然收入少了，名誉也受损了，但是得到的是充裕的时间。何况珍贵的佛陀教法在心中，是谁也不能动摇的。

又回想起来，上师嘱咐土登喇嘛教我念诵功课，土登喇嘛教到回向众生时，我曾提出过，是否可以回向给众生，但是要打个括号，不包括害我的小人。我觉得回向给不认识的人还更容易，比如战争后的孤儿啊、非洲难童啊，对于他们，我能很容易生起同情心。但是把功德回向给害我的人，那可不行，坚决不行。土登喇嘛很不解，疑惑地看着我说：“师兄啊，不能这样，其实害你的人不懂因果，很可怜，我们更要回向给他们！”眼中满满都是慈悲。

从世间法的角度看很多事情，会有些现象接受不了，例如被人恩将仇报，不断陷害。虽然我一再忍让，对方还是不肯放过，甚至到我先生工作单位闹，闹得鸡犬不宁。我先生本来与此事毫无关系，虽然他平时很少招惹是非，但是单位被纠缠得无可奈何，也于2014年12月31日对他进行停职处理了。身边有朋友实在看不过去，觉得我们被欺负得太厉害了，冲动地要去“做了”对方。先生很平静，也没有一丝责怪我连累他，还担心我太执着。他甚至会关心地问：“有没有做功课？”我们好像回到了十几年前，他放弃一切地来到我身边，我们什么都没有，却感觉到安乐。

学习了佛法，我知道事物后面的因缘业力不是表面上那么简单，“此有故彼有，此无故彼无，此生故彼生，此灭故彼灭。”很多事情的发生，需要具足很多因缘，佛弟子在因果取舍方面要更加谨慎，纠缠于世间的恩恩怨怨真的没有什么意义。我有一个表哥，夫妻两口子生活殷实，有一个可爱的儿子，幸福美满。几年前，表哥被讹诈了一百多万元，还辞了职，与表嫂的感情也破裂了，因为天天在家里愁眉苦脸，充满怨气，孩子成长也遇到不少问题，稍微不如意就以死相逼。如今这个家几乎散了，非常悲哀。表哥也因为想不通“人性为什么这么恶”，“我并没有做错什么，为什么会这样”，而得了抑郁症，连活下去的勇气都没有了。比起表哥，我虽然也遇到一些违缘，但还不至于把生活搞得那么糟糕，这一切都感恩于上师三宝护持。

两年多了，我慢慢理解到，一直陷害自己的对方，他失去的是我这个真诚付出的朋友，而我失去的，不过是对我心怀叵测的人，吃亏的是他，不是我。又想起土登喇嘛说的：“师兄，他很可怜。”我心里生起了一丝怜悯，虽然我心中的这丝怜悯还很微弱，但是我真的从哀怨中走出来了。每个人身上都有缺憾，也许因为往昔的业力所致，有些业力在此时显现出来而已。表面看起来，我失去了一点名利，无非今后生活简朴一点，上师书中的藏族小兄弟扎西贡布和扎西桑泽都说：“牛羊什么也没有都能活下去，我们为什么不能活下去？”而我能值遇佛法，已是如此幸运，有些人在无明中不断制造恶业而不自知，为了一点利益，而把自己置身于仇恨和邪恶的心境中，和活在地狱一般，他们真的也挺可怜的。想到这里，怜悯之情好像又多了一点。但是说实话，现在我还做不到回向给伤害我的人，因为佛法在我心中太珍贵，我不愿意回向对我施恶的人。也许今后，我在做功课时，能够真正做到回向给所有的众生，包括过伤害我的众生。那时候，我才是真正接受了无常，接受了所有的际遇：“好”的际遇，“不好”的际遇，那时都会成为“无好无不好”的际遇。

2015年元旦，家里热水出了问题，时好时坏。而且很奇怪，几次都是开始有热水，等我全身涂满沐浴露的时候变成冰凉的水。地处寒冷的北国，没有思想准备地洗冷水澡的确不是什么惬意的事情。由于是节假日，修理的人也无法及时来修。以前我会抱怨，现在我会想，为何要执着于照顾自己的身体呢？谁让自己一天要洗几次澡呢？一出门，便遇到两拨人因为微不足道的事情，在我眼前大打出手。以前我很在意过年过节的吉利，遇到这些事情会感觉不太好。而想想上师说过：“我们所在的这个娑婆世界，就是这样充满遗憾，甚至有点混乱的”，又想到上师还说过，“**不管是顺缘还是违缘，来到眼前都是同证菩提的缘分！**”想到这些，觉得一切都是可以接受的了，越是觉得一切可以接受，便越是强烈地渴望好好修行，于是，我祈请上师开许我修行五加行。

《透过佛法看世界》中有这样一句话：“佛法为什么可贵？不仅是因为它能帮助你实现愿望，更是因为当你愿望落空时，它能引导你放下失望、恐惧和执着，教你透过不圆满、不稳定地流转的现象，感受到喜悦清净。”

我的亲身经历恰好也证明了这一点。此刻我再度想起上师爽朗的笑声和那句“太吉祥了！”

成利卓玛

2015年2月

第二章 西行路上

一般人面对巨大的痛苦，往往怨天尤人、焦躁恐慌，或心灰意冷，好的学佛人因为懂得因果，懂得承担和化解，所以能以一颗坚强而平淡的心去面对。必须承受的，就勇敢地承受；能够转化的，就努力转化。

——希阿荣博堪布

西行者

顶礼大恩上师希阿荣博大堪布！

编者按：

《西行者》一文的作者慧莲，2008年3月通过次第花开网站了解到上师的功德并通过电话皈依了希阿荣博上师。之后虽一直未能与上师见面，但她对上师的信心却有增无减。她被查出患恶性胸腺瘤，并且已经扩散到腹腔和颈部。肿瘤长在心脏大动脉处，手术中心血管破裂的可能性很大。上师在网站上关于无常的开示，帮助年轻的慧莲很快从得知自己病情之初的惊惶中摆脱出来，并开始心无旁骛地精进修行。手术前，慧莲请次第花开网站帮她与闭关中的上师取得联系，希望在这人生最艰难的时刻得到上师的加持护佑。

寻找忘忧草

从2005年起，我狂热地迷上了越野车自驾探险，跟几个朋友走过了川藏、滇藏、青藏和新藏线。即使连续驾驶七八个小时，顶着极度疲劳和高原反应，翻越连绵不断、雨雪交加的四五千米大雪山，也乐此不疲。朋友们都夸我勇敢，可是每次我都沉默不语，因为只有我自己知道，我这是在放逐自己的心，任由自己流泪的心去流浪。我想去寻找忘忧草，让我从此忘记烦忧；我想“磕长头匍匐在山路，不为觐见，只为贴着你的温暖”。

2008年2月，不堪精神重负的我决定认认真真地向菩萨求助。我请回了一尊开光的观音菩萨、法本和CD，然后依葫芦画瓢地在菩萨的面前开始盘腿、结印、念真言。

那两个星期里，我天天泡在佛教论坛上。看到很多感人的关于具德上师的故事，还有许多虔诚地四处寻找心灵导师的同修。在好奇心的驱使下，我不禁想跟在大伙儿的后面，偷偷看看具德上师们到底长什么模样？

一个偶然的机会，论坛上一位素不相识的师兄给了我一个网址。一上次第花开网站，就看到一位风采飘逸、自在微笑的年轻喇嘛的法相。我当时一怔，匆匆浏览了几眼，赶紧下网了。虽然那位热心的师兄也给了我堪布当时的联络方式，可我竟然不敢去拜见。

（接上页）上师得知情况后立刻作了开示，并让弟子以电子邮件的方式发送给慧莲，上师还亲自打电话给慧莲，鼓励她平静坚强地面对生活。

对佛法的信仰给了慧莲智慧和力量，使她以超乎寻常的平静甚至是喜悦坦然面对巨大的病痛。她的坚强令人钦佩！她对上师说，很感谢这次疾病，否则她不可能有机会停下如陀螺般旋转的生活，安静专心地修行，深切体味无常。疾病使她宽容平和，因为她对痛苦有了更深的了解，对身处痛苦中的众生也生起真实的悲心。她请上师放心，她一定会抓住这次机会修菩提心、出离心。

在征得上师开许和慧莲的同意后，次第花开网站原文刊发了这封信，其后多年里，这封信一直被大量转载，鼓舞着许许多多身处痛苦逆境中的人们。

接下来的几天里，我又到处搜索被信众广为推崇的其他上师的资料。可是不知为什么，心里总是挂念着次第花开网站上的那位喇嘛师父，觉得他给人一种清凉透亮、自在亲切的感觉，就像……我最喜欢的观自在菩萨！

2月底，我去看望两位学佛多年的朋友，他们高兴地告诉我，他们已经皈依了一位上师，因为看到别人都有师父，很羡慕。自小桀骜不驯的我很不以为然，拍着桌子说："我这辈子也就这样了！才不找师父呢，给人管，多没劲！"可是那一刻我没有意识到，我将会为自己这句狂妄浅薄的话付出了代价！

两天后我回到了巴黎。一个早上醒来，我望着窗外的天空发呆，莫名其妙地产生了前所未有过的厌离心，整颗心无依无着，飘飘荡荡。不知不觉中我又回到了次第花开网站，看到希阿荣博大堪布给信众们讲经的影像。虽然在欧洲求学时经常接受许多名师，如著名经济学家的授课，但还是第一次听见有人能如此思维敏捷、教证清晰严谨地用极其流畅而又优美易懂的语言来诠释深奥的佛法。每一句话都像阳光下灿烂绽放的智慧的花朵，令人了然微笑，沁入心房，心生温暖。那一刻，我对喇荣五明佛学院，对藏传佛教和现代佛教生起了希望。

一连三天，我都待在次第花开网站上，一遍遍地看着佛子们倾诉的心语，我很感动，决心依止希阿荣博堪布。

3月2日一早，我给次第花开网站的师兄发了一份邮件，恳切地表达了自己对堪布的信心和依止堪布的强烈愿望；如果堪布已经去了另一个城市，我过几天一回到北京首都机场就直接飞去找大堪布。在漫长的等待答复的日子里，我开始害怕堪布是不是不肯摄受像我一样业障那么卑劣的非法器。到了3月5日，我开始不断地向菩萨祈求，请她帮助我依止希阿荣博上师，可许则许（我后来又心虚地加上了“可许则许”几个字）。

当天下午，我就收到次第花开网站师兄的答复，说堪布答应我皈依的请求了。我兴奋地连蹦带跳跑回房间，怀着无比的幸福感和信心马上给上师念了一部《金刚经》。

后来我才明白：今生第一次重遇上师，冥顽不化的我下意识地要溜掉。可就在那一瞬间，上师把我拉了回来！

月亮在哪里

学佛后始知自己业障如此深重，已经在万劫中饱尝三恶道之苦；学佛后始知原来生活可以变得这样快乐充实；学佛后始知修行是一条漫长艰辛的道路。

明知极乐世界就在连绵雪山的那一端，需要翻越无尽的大山。可是每次满怀希望地想飞越过去，却一次又一次重重地掉下来，趴在地上，心中悲恸无奈，痛哭不已。

自从3月份电话皈依后，从没见过希阿荣博上师，只通过4次电话，每次都很紧张，有时候紧张得差点想把电话扔了。我没修过上师瑜伽，甚至不知道该怎样向上师祈祷，但却从心底不由自主对上师充满了无比的信心、恭敬心和敬爱。对我来说，希阿荣博上师既是功德无量无边的佛的化现，又是慈悲无比又非常严厉的父亲。我几乎每天都会上次第花开网站，一遍又一遍认真琢磨上师的开示，听听上师住世祈祷文，看看上师的影像。

2008年6月，我遇到了很多极大的道障。自己没有智慧去开解，周围的老修行也没人能明明白白告诉我该怎么办，可是因为业障深重，心里极度自卑，不敢给上师打电话，何况千言万语，电话里也说不清楚。在那半个月里，我极度焦躁，嗔慢心如烈火在胸中熊熊燃烧却无法熄灭，心里经常很悲苦、无奈、绝望。

过了两天，我顺手打开法王如意宝的《窍诀宝藏海》中的“大圆满见修行果”一章。当我读到一句话——“对于世间的业风，如若仍继续分别执着，那始终不会有安息的时机。从无始以来，我们就这样已经分别了漫长的岁月，到现在我们也应该安住了”，一颗心突然豁然明澈，长久以来纷乱的心绪突然间烟消云散。那一刻，我居然没有任何的狂喜，只是如前的平静和淡淡的欣慰。

那几天里，我一直默默地检讨，检讨自己是什么地方做错了。我知道自己业障太重，所以学佛这3个月来，经常早上四五点就起床，拼命地持咒，希望能像一些师兄们那样，一天持咒四五万，这样就可以很快消业啦。一个好朋友多次劝我不要太攀缘，根据自己情况来。我听了很不高兴：我那么精进，你居然不鼓励我，还说我攀缘！最后还赌气两天不理她。可是后来我突然明白，我只顾念头狂乱地持咒，却忘了看自己的心了！好比禅宗的一个公案，问：“月亮在哪里？”手一指：“在那里！”把手指头当成月亮了！

于是我开始认真地摸索更适合自己的修行方法。我自己从小就非常喜欢禅诗，在2008年的两次打七上跟传法大和尚学过观世音菩萨的耳根圆通法门，也试过止观，感觉都很好，是对治妄念修心的最好法门，为什么不在每天的行走坐卧中继续禅修呢？

我一直坚信，只要对上师三宝信心不退转，他们的加持眷顾一直都会在我们的身边！每当我有什么疑难时，过个一两天，我总能在随手拿起的一本佛教书籍或某个佛教网站上看到相关的开示，豁然开朗。有几天突然有很强烈的想念诵阿弥陀佛圣号的愿望，心想要是希阿荣博上师能发起圣号的念诵，那就太棒了。一天次第花开网站的师兄告诉我网站修复了。我兴高采烈地打开网站，第一眼就看见了上师的最新开示：希望所有上网站的人参加百万阿弥陀佛圣号念诵！也曾有几天一直琢磨着是不是该向上师求五加行的传承了，一上网站，就看见了上师关于修五加行的最新开示！呵呵。

我从小就好睡，周末都会赖到11点多，饿得实在受不了了才爬起来，但现在每天早上5点不到就起来做功课了。我以前有洁癖，可又特别地讨厌洗碗，经常吃完饭后碗筷扔在那儿过半天才刷，现在只要吃完饭，我就把碗洗了。我以前开车总喜欢在疾驰的车流中转来转去，甚至还跟别人斗气，现在不同了，为了能很好地控制提速的念头，于是赶紧规矩起来。现在不管做什么事情，我都不由自主地想到上师和佛菩萨，时时看好自己的心。

生命中的一道坎

8月初的一天，一向非常喜欢锻炼身体的我突然发现自己得了恶性肿瘤，需要马上手术。因为手术危险性非常大，即使手术成功，也需要长期的化疗。

在最初的两天里，我陷入了恐慌和悲伤中。第三天突然想起上师曾经说过："一个人有生就会有死。"是啊，生生灭灭，诸行无常，有什么可哭的，真丢人！还不如把有限的宝贵时间用来修行呢。于是心也渐渐平静了下来。心想，如果能得到上师三宝的加持，我就会非常有信心，即使无常了也没什么可恐惧和遗憾的。

上师一直在闭关，没法打通电话。但次第花开网站的师兄知道后立即想办法转告了希阿荣博上师。上师又马上通过师兄转告我说他会亲自为我念经加持，并会安排僧众为我念经，并要求我同时积极配合医学治疗。上师同时还鼓励我："务必坚定对三宝的信心，从心底相信三宝不可思议的加持力。凭借这种信心，你一定能克服违缘，迈过生命中的这道坎……**能在痛苦磨难中体味本心，保持喜悦平静**

心态的人，是真正的修行人。”

过了几天，我突然接到上师的电话，非常意外和惊喜。上师问起我的手术，并关切地问我疼不疼？还安慰我说不会有事的。几天后的确诊比初诊要轻得多，而且不用手术了，治愈率相当高。

我知道，自己的心态能够那么快就调整过来，都是因为得到上师三宝的智慧加持。

后记

有上师三宝的加持真好。我知道，曾经往劫中，如果不是上师您听见我的哀号，将我从地狱中拔出，我一定还在万劫不复的深渊中；今生中，如果不是您瞥见我流浪泣血的心，将我轻轻唤回，我还在轮回的漩涡中越陷越深。

喇嘛千诺！喇嘛千诺！上师啊，请您长久住世，用您慈悲温暖的目光，融化路边无数冰封的心灵。我知道我一定是那牵着白马的行者，跟随着您，翻越迢迢山水，斗罢一劫一劫的艰险，只为回归佛陀故里。

首先依止胜师如教行
中间百般苦行而实修
最后密意无二得师传
无等上师足下我顶礼

慧莲

2008 年 8 月 26 日

附：上师写给弟子慧莲的信

慧莲：

你好！

你的情况我已经知道了。我会为你念经加持，并会安排僧众为你念经。请你务必坚定对三宝的信心，从心底相信三宝不可思议的加持力，凭借这种信心，你一定能克服违缘，迈过生命中的这道坎。人的一生中有顺境也会有逆境，然而无论何种际遇，如果能转为道用，透过它认识生命的本质，就都是我们一生的财富。能在痛苦磨难中体味本心、保持喜悦平静心态的人，是真正的修行人。相信这突如其来的病痛，能帮你成为一位了不起的修行人！

我们常说诸受是苦，但若非亲身遭遇变故痛苦，一般人是很难深刻了解苦的深义的。然而与你比起来，畜生道、地狱道，甚至人道的很多众生都在遭受比你大得多的痛苦，而且你是幸运的，在难得的人身中，你得闻佛法，对佛生信，有上师三宝护佑，内心也乐观充实，因此你应对他们生起真切的慈悲心，发愿以身代受他们的痛苦，把你法喜充满的心的功德回向给他们，愿他们早得解脱安乐。这样，你的病痛就不再是被动承受的苦难，而是令你生起真实菩提心的如意宝。你将不会白白受苦，病痛本身变得有意义。

放生是遣除违缘、积累福报的有效方法，希望你多多放生，也可以请你的亲友为你大量放生。以此功德回向所有受苦受难的六道众生。

你应该有自己的本尊吧？把你最有信心的上师与本尊观想为一

体，保持这样观想的同时专心念诵本尊心咒。这会让你更快地感受到加持。

一定要保持乐观的心态，积极配合医学治疗，佛菩萨会以各种形象救度众生于苦难怖畏中。医生、医药都可能是佛菩萨的化现，治疗过程也是佛菩萨加持的过程。一般人面对巨大的病痛，往往会怨天尤人，或焦躁恐慌，或心灰意冷，但是好的学佛人因为懂得因果，懂得承担和化解，所以更能以一颗坚强而平淡的心去面对。必须承受的，就勇敢地去承受；能够转化的，就努力去转化。这种时候，名利等都无能为力，只有佛法能引导你走出痛苦，得到安乐。坚信这一点！

希阿荣博上师于2008年8月18日口述，弟子如实记录看看现在的自己，仍然活着，仍然能够感受喜悦和美好，尽管几十年的人生已经遗失，许多自认为舍不掉的东西也都舍弃。我们深深执着的人、事、一切状态，没有一样是不可或缺的。我们突然间发现，其实自己从一开始就没有什么好失去的。

——希阿荣博堪布

寻我

据家里老人讲，我幼年时期识字很快，小小年纪便诵得诸多诗词歌赋，还颇能品咂出几分意蕴，就好像是温习记忆库中原有的储备，有人说是前世印记。那时候，第一次听到“前世”这个概念。在我之前，还有许多个我吗？

对于大千世界，我天生充满了无穷无尽的好奇和疑问。当身边长辈渐渐无法解惑，我只好求索于浩瀚书海。很多个悠长宁静的夏日，我在窗边或是在种着葡萄树和无花果的庭院里，捧上一本书一坐一整天，直到旭日变作夕阳。

豆蔻年华，我失去了挚爱的爷爷。那个看着我长大、亲手制作玩具、会讲精彩故事、教我处世之道的贤善老人驾鹤西归了。不谙世事的少女对于死亡还没有概念，无法接受也无法想象以永恒为期限的别离。送葬的日子，我在殡仪馆最后一次看到安睡的老人，便无法自控地瘫软在地，哭到眩晕，肝肠寸断。家人说，他化作天上最亮的星星了，每个夜晚都会温柔慈祥地注视我们。

童话般的安慰令人温暖，却无法从根本上慰我心忧。我不愿相信爷爷永远消失于天地间，那他到底去了哪里？变故之后，我开始从宗教领域寻求慰藉，基督教《圣经》、伊斯兰教《古兰经》、犹太教《塔木德》，还有印度教、巴哈伊新教等等，都曾给予我一些启迪，但也引发了新的困惑，并非究竟的答案。也会涉猎佛家有关的书籍，偈语和经文妙不可言，即使小时候似懂非懂，也心生赞叹和欢喜。

有一次和好友周末出游迷路，我们不经意间走进了一座唐宋年间修建的古观音寺。满地秋凉，庭院落寞，香火并不兴旺，而我却在踏进寂静刹土的瞬间，感受到了难以名状的清凉安乐，仿佛隔绝、止息了俗世生活的千百般纷繁。主殿正中端坐着一尊观世音菩萨，眉如新月，眼帘低垂，朱唇似启未启，嘴角上扬的弧度恰到好处。缀满璎珞的衣饰有些褪色，略显陈旧，反而更加映衬了菩萨的古朴静默、庄严优美。我不懂任何如法的礼仪，只是情不自禁地跪拜尊前，久久仰视着圣像。不知何故，心中莫名一阵戚戚然，我竟泪如雨下。身边友人顿觉惊诧，连问怎么了。我没有直接作答，只是说，你看夕阳洒在大殿里特别美、特别温柔呢。事实上，在与佛菩萨对视的时候，小我融于大智，我像是强烈感应到了观音菩萨对凡尘众生的无比悲心，以至于泪雨滂沱。彼时的触动太有加持力了，我无法解释，不能确切描摹，深觉不可思议。

时隔多年，机缘巧合，我看到了希阿荣博堪布的照片。堪布的法相庄严慈悲，目光澄澈如山涧深潭，温和似远天满月，自在、清静、开放、包容、柔软。我明明不认识他，却感到似曾相识，只是忆不起在何时、在哪里见过、亲近过。

感恩一位我非常钦佩和喜爱的姐姐（今已成为师兄），是她让我有幸看到圣者的照片，并赠我成摞的好书。两年前，春夏之交的一个午后，在金缕梅的茶香中，她与我悠然对坐，将她对宇宙和人生的理解娓娓道来。我方才知道，原来她不仅在世间卓越圆满，更是虔诚的佛弟子，十分精进的修行人。我问她，为什么学佛？她说，为了洞悉这个世界的本质和真相。此话完全攫住我心，因为这也是我与生俱来的困惑，孜孜求索却始终无解的问题。她告诉我，佛陀的教言是真正的智慧慈悲。

那时我还丝毫没有皈依的念头，但记住了她所说的话，并在往后的阅历中不断体会出丰富的层次。顺意与逆境，平缓与起伏，欢愉与伤怀，相聚与别离，生活中越来越难找到所谓恒常。我们易于接受季候的更迭，却常常不愿面对人事的迁变流转。生、老、病、死、求不得、怨憎会、爱别离、五阴炽盛，乃人生八苦。这些看上去都显而易见，因此好像可以有所准备甚至规避，人们却很难意识到，自以为是的快乐也终会变为苦谛。世事无常，无常乃常。

早前，相恋五年的男友与我分手了。从“金风玉露一相逢，便胜却人间无数”的初识，到彼此尊重与倾听的深刻了解，到珍贵难忘的良辰美景、赏心乐事，再到同进退共患难的成长与滋养，两个素昧平生的陌生人产生了深刻联结，誓愿对方融进自己的生命里。然而，记不得是因哪一件不足挂齿的小事开始闹矛盾，此后便有了无尽的分歧、误解、争吵、伤害。原本情比金坚的美好，亦能消磨于琐碎与懈怠。我与旧爱，各自带着浓重的伤感与遗憾转身，一声叹息就总结了百转千回的故事。原以为是最幸福的际遇，迁变成最不想触碰的疤痕；原以为是最稳定的陪伴，迁变成最无法回头的告别。

我常经过的小路上，有几株合欢树。每每花开时节，驻足树下总能嗅到沁人心脾的香气，浓艳而不妖，清丽而不俗。抬头望去，粉粉茸茸的一树繁花迎风摇曳，煞是娇俏。“合欢”二字更是吉祥的寓意，着实让我爱不释手。然而失恋后的一天，我偶然从资料中查到，合欢花有毒性，可观可闻但不可摘取或食用。这件微细之事引人遐思，因为我们不了解全部的真相，**生活中有多少贪恋和执着，其实是“看上去很美”的瑰丽毒花呢？**

曾有15位世界大师级导演，各自拍摄题材与形式不拘一格的小片段，合起来组成了一部电影叫作《十分钟年华老去》。无论是东方玄学、西方哲理、宗教密旨，或是任何实际生活中提炼出的经验，都在探讨时间这一人类终极的命题。有的人知天命而安然，恬淡平凡；有的人与岁月相抗争，不肯服输。“不经过什么，就不会有时间的消逝”，是德国中世纪哲学家的诗句，传达出人的经历和感受在为时光刻痕。然而，对于三维空间的生命体来说，时间是单向的飞箭，射向未知，永不停歇，从不回头。地球已存在46亿年，宇宙洪荒更是诞生于不可计量的久远时代。人的一生却只有百年，相较之下何其短暂，实乃“弹指一挥间”。众生如同可怜的蜉蝣，繁多渺小似恒河沙粒，在红尘间反复轮回，沉沦翻滚而不自知。

我的母亲端丽而爱美，不愿接受红颜易老的事实。每当她在镜中看到渐渐花白的鬓角和一缕缕新长出的银发，总会黯然神伤。她隐隐的惊慌不安，让我十分心疼，却爱莫能助。我常赞扬她的善良、美丽、时尚，却掩盖不住岁月迟暮。而当我晨起梳妆，抚过自己乌黑顺泽的长发，触摸光滑柔软的面颊，知道青春只是暂时垂青我，并非持久的资本与厚爱，这一切都会随着光阴慢慢流逝和沧桑。

情爱无可执着，容貌无可执着，许多美好的事物都是稍纵即逝，那么究竟什么才是值得我此生追寻和坚守的呢？

因缘际会，一次读书沙龙，让我有幸结识了几位非常好的修行人，可谓良师益友。他们都是希阿荣博堪布的虔诚弟子。与之交往，令我身心愉悦，像是在和煦春风里邂逅了一座秘密花园。此后我加入了他们，发愿同心同力，坚持把读书沙龙办下去，取名“优昙悠谈”，每月一期。优昙，常在佛经中被提及，大多是形容极难值遇佛陀出世，正如极难看到优昙花开。在一个个恬淡宁静的周末下午，大家遁逃尘烟，把盏倾谈，畅聊人生智慧、佛法与上师。

我倾听了很多故事，学习了很多知识，明白了很多道理，感到自己看问题的角度在发生变化，原有的教育、价值体系和世界观都被冲击着，也被有系统地重塑着。感恩这些长辈们朋友们分享了无数珍贵的妙悟，他们都在等着我皈依呢，而我却无法再向前迈进关键的一步。

我不想盲从于任何说教，不轻易相信别人的观点，总觉得要经过缜密分析和逻辑判断，没有疑虑才能够真正接受。即使深知我与佛门一定有着甚深缘分，也仍觉似乎还缺少些什么。不肯迷信，只愿智信，在解决所有困惑、完全想明白之前，对于皈依某种宗教信仰，“冥顽不化”的我似乎还有些抵触情绪，好像这样会限制自己对世界的认知和眼界格局。

直到有一天，当希阿荣博堪布出现在我面前时，他用智慧解除了我所有的疑虑，我所有的思考仿佛都没有了意义，理智和感性也不再对抗。

那是 2015 年 1 月 11 日，我刚刚结束了一场历时颇久的环球之旅，带着满仓记忆和来不及沉淀的情绪，风尘仆仆地回到中国。时值“优昙悠谈”在北京办新年读书研讨会的最后一天，我顾不上长途飞行的劳顿和时差，放下行李就赶到了现场。

研讨接近尾声的时候，会场突然出现此起彼伏的惊叹声。我望向大门的方向，只见一个身披绛红色僧袍的身影正缓步走进来，正是希阿荣博大堪布！曾在照片和视频中见过无数次，当他真实地出现时，我竟感到如此温暖。

我知道，这是缘分到了。于是，在圣者尊前恭敬祈请皈依。从此，我正式入了佛门，成为希阿荣博堪布座下的小弟子，并誓愿生生世世追随上师。海上的扁舟泊岸，纵使红尘间惊涛骇浪翻涌，他教给了我如如不动的力量。

我找到了我，我即无我。

生命已启新篇，万千言语都徒然苍白，唯愿无数遍合十念诵：

喇嘛拉加森切沃（皈依上师）

桑吉拉嘉森切沃（皈依佛）

曲喇加森切沃（皈依法）

给登拉加贾森切沃（皈依僧）

悦颀

2015 年 10 月

分享爱和喜悦，探索外部世界和内在精神世界，这是人类进步的主要推动力。就个人而言，没有关爱和求知，我们无法长大。关爱和求知，在较深刻的层面上即是佛教所说的慈悲和智慧。看来追求慈悲和智慧不只是佛教徒的功课，而是所有人都向往并正在做的事。

——希阿荣博堪布

不再错过

虽与文字有很深的缘分，也有小说《遗失的手稿》日前已出版，但我却已是久不习文。若论个中缘由，对众人倒没什么好隐瞒的：受佛门熏染愈久，愈知自己障深慧浅。很怕自己的颠倒谬见成文后，造下口业，难消难散。不但于己无益，而且贻害、染污众生的八识田。因此，我把大多数时间用在阅读高僧大德讲解的佛经上。而对于要下笔的东西，却一再小心翼翼。与这小心翼翼相应的，却是我对高僧大德的景仰，不但不曾退转，反而与日俱增。

最近这些年，我回国的次数不多。一直期望能依止一位大德高僧。为此，两年前还曾去峨眉拜大士普贤。但福分未到故，我最深的向往成了一桩可遇不可求的事情，也一直是我最大的遗憾。直到不久前我在菩提州网站上看到视频：希阿荣博堪布的《扎西持林冬日札记》。一切就在一瞬间，变幻成不可逆转的机缘圆了我的愿：我成了上师的弟子。至今回想这一幕，我内心仍然充满惊叹。

年少时，我耽于文学。随着成长，觉着文学不过如此。即便文章写得花团锦簇，也不过是些文字拼成的游戏。有心人只要肯下点功夫，写出一手好文章来并非难事。古今中外的文学书籍，我自小到大涉猎了好多，它们之所以打发不了我，是因为我开始思索一些重大且终极的问题。文学领域本是迷惑颠倒的集散地，在那儿，我怎有可能找到答案？

对这些问题的思索，把我引入了西方哲学的领地。我一度抱着很大的希望，希求哲人们能为我解惑。苏格拉底、柏拉图、尼采、叔本华、加缪、荣格等等远近的大哲，虽统领了西方思想领域，但他们并没给我究竟而又圆满的最终教益。西人有个说法，哲学转身必见柏拉图，可见这位大哲对西方文化影响之巨。但翻看柏拉图留下的著作，与其他哲人一样，我发现他们各执一词，谬误也是人有其在的。

我赞叹他们为人类做出的不息探索；景仰斯宾诺莎做学问的精进与不懈，和他如几何图形一般清晰、泛着神性光辉的思想；钦敬塞内加的完美人格；欣赏维特根斯坦卓尔不群的夺目才华……在我眼中，他们与中国的老子、孔子等一样，是贤圣之人，但我却难掩对哲学的整体失望。

在这之后，当是宿世机缘成熟，我瞎打误撞接触到了佛陀的教诲，从此一发不可收拾。我规规矩矩做起了“小学生”，从最简单的教理入手，渐渐拜读佛经，并给自己规定了功课。在这过程中，我自然而然间开始素食，避免杀生，并弃掉了俗世间的书籍。净空法师讲解《弥勒菩萨所问经》时说，好的文学书籍看个三遍五遍，甚至十遍八遍，恐怕你就不会再读了，因为它们没有加持力。

至此我恍然大悟，从而认识到，与绘画、雕塑、手工艺品等一样，文学不过是一门技艺。与五欲一样，它会成为困扰人的东西。虽然诠释佛理离不开它，但它只应是我们闻思修的工具。普通文学怎能跟佛经比，读一遍有一遍的深广利益，读一遍有一遍的加持。再联想到哲学，它虽代表了俗世间的最高智慧，也确实能就一些问题带给我们警醒与提示；哲人们也被看作是出类拔萃的一群，但能为我们开出万灵药的，却绝不是他们。

从此我的思路日渐分明。佛门为我大开。

我明白了为什么《地藏经》中，佛为救拔罪苦众生，殷勤咐嘱地藏菩萨时，弘一法师会恸哭出声；为什么虚云大师坐阅五帝四朝，历经险难，不改初衷；为什么因争夺鸠摩罗什，三个国家被先后灭掉；为什么翻译《金刚经》，有桃开六度的不可思议的吉兆……不入佛门，怎知佛家之慈悲？不入佛门，怎知佛家之深邃？不入佛门，怎知佛家之尊崇？不入佛门，怎知佛家之殊胜？不入佛门，怎知佛家之富贵？

宗萨钦哲仁波切曾感慨地说："中国一定是有很大的功德，才能够出现像菩提达摩这种大师，能够把佛法带到中国来。"与众多国家的人们相比，我们委实是幸运的。佛教对中国方方面面的渗透与熏陶，历代高僧大德无我、忘我的弘法利生，历朝帝王将相、知识精英、平民百姓对佛法的崇敬与所获得的利益，岂是我这个肉眼凡胎能够测量的？我只知道我得以进入佛门，且被上师慈悲摄为弟子，是我今生最难得的盛事。与六道中难以尽数的众生相比，我都是极其幸运的。

今日我去了趟当今女王伊丽莎白的行宫——温莎城堡。在那里，我看到了世间人最想追逐的权势与富贵。好多个宽敞大厅奢华的墙壁上，挂着征战过的枪支、刀剑等武器，有些还被摆列成了艺术装饰品的式样。当时我在想，这就是人们所向往的荣耀吗？城堡已几易其主，当年权倾天下的那些人去哪儿了？别说这样的一世富贵，就算百世千生的富贵又算什么呢？那些精美的瓷器，精巧的家具，各国达官要人以及国民进贡的物品，主人们可是一件也没带走呢。即便有人发出羡慕的赞美声，他们也是一句也听不到的呀。

希阿荣博上师说过：**尽管我们依然褊狭，依然不知珍惜，却有人依然持佛陀的智慧明灯，在无尽的夜里等待为我们照亮前路。**如果我们还是错过，他说：**他会停留，他会再来，直到我们不再错过。这就是上师的慈悲。**

茫茫生死海中，我不再没有依怙。就在今生今世，我终于不再错过您。

弟子散树于伦敦

2010 年 11 月 22 日

佛经中把我们生活的这个世界称为娑婆世界，意思是能忍受缺憾的世界。痴心不改硬要在这个缺憾的世界里追求完美，会有结果吗？

——希阿荣博堪布

抑郁症之愈

作为一名抑郁症患者，我经历过此生最难堪的两年时光，又在不到一年的时间里康复了，没有药品、封闭治疗。康复后的我，除了手腕上的刀疤，再也找不出曾经抑郁的痕迹。这奇迹般地的康复，源自一位在2500年前，为我们开示生命真谛的人——伟大的佛陀，和另一位对我恩德如海的上师——希阿荣博堪布。是他们让我今天还有机会看到喷薄的旭日和绚烂的晚霞，并留下这段文字……

“六号病人，请进四号诊室。”

2010年8月的一天，我被广播叫进了北京大学第六医院精神分析研究所主任医师的诊室——四号诊室。为了这个预约号，我做了一周的等待，也让我知道了现在看“精神病”，都不那么容易。

在过去的三个月里，朋友、同事觉得我越来越古怪：经常一整天不说话；为了出门，总在家里不停地换着各种衣服，直到错过时间而放弃；还有无名的恐惧和爱哭。

在看了好友推荐的一个患有中度抑郁症八年的歌手的访谈节目后，我发现，我和这位歌手的症状不仅相似，甚至还超过了他。难道我真的得了传说中的“抑郁症”？

“请谈谈你为什么要到这里。”他语气平缓而专业。

“医生，我最近情绪不是很好……”

“你的饮食和睡眠情况怎么样？”

“12点左右睡着，在两三点醒，然后再也睡不着了。体重下降得很厉害，近半个月瘦了十多斤。”

“你有没有想过自杀，如果想过，你有没有想过具体怎么实施？”

“觉得活着没什么希望时，想过自我了断……”

“大夫，我是不是真的得了抑郁症？”我一边抽泣。

大夫的表情有些惊讶，他没想到，我对自己的病情真的一无所知。

他肯定地说：“你不仅是抑郁症，而且是重度，需要住院治疗。”

“全封闭式的，不能自由进出，一周可以接受一次亲友探视。所有的个人物品都要上交，包括手机、电脑、镜子、梳子……”

我当时的大脑里迅速出现了一些画面，所有对精神病医院的想象都令我惊恐万分。

后来我费了好大的劲，找到了另一个精神病医院的一位专家，接受了这位温和有耐心的女医生的“保守治疗”：每周一次50分钟的心理疏导谈话，每隔30分钟一次的行为和思想状况记录，和一张“想不开时”使用的“生命援助热线电话”的小卡片，嘱咐我晚上放在枕边。

我向她回忆了自己从儿时起的家庭经历和困惑：为什么总是个被抛弃的角色，为什么自己那么不可爱、那么不幸，连我自己也不喜欢自己，希望结束糟糕的人生，以惩罚父母、丈夫等所有的人。

医生让我重复：“一切还有希望，我要活下去！”这句话。而我却在重复之后又不断地摇头：“我为什么活着？”我不愿交出随身携带的玻璃片，并将它视为我“最后的退路”。而医生的目光是那么疼惜，她温柔地伸出手，等在空中，让我的心头涌上暖意。她一把将玻璃片夺走了，我说“你还给我”，随即开始号啕大哭。她告诉我她要休假了，让别的大夫继续为我治疗。我当时的想法是：果然是我不可爱，连她也要离开我了……于是走出医院大门，我直接冲进滚滚车流。

一辆车急刹后，紧挨着我停下来，一辆又一辆，结果没有一辆车撞着我。2010年盛夏，我不断地问自己，我为什么要活着，我为谁活着。每天都思考着同一个问题，却始终找不到答案，我成了一个隐居的孤独的抑郁症患者，一直在生死的边缘徘徊。

一天，听说很久不见的邻居皈依佛门了，并且和一些居士在郊区给寺庙种田，我便求他让我去那里帮忙。那时的我一直在不断告诉自己：还是死吧，死了是解脱，活着真难受。我的内心已经像一个摔碎的瓷器一样，全是碎片儿，再也不能复原了。

邻居听闻我的情况后，催促我马上过去。我像是难民一样，带着极度脆弱的心、极度虚弱的身体来到了农村，我主动要求干最重的农活儿。

刚开始时我麻木地劳动，寡言少语，关上心门。一起干活的大婶儿们，我知道她们都在奇怪地打量我——这细皮嫩肉的城里女娃，咋像疯子一样刨地呢。我开大了耳机音量，奇怪的重金属在耳边轰炸开。

慈悲的居士们没收了我的耳机、手机和药品。我哭着哀求他们把药还给我，这时我意识到我产生了严重的药物依赖，没有药物根本就睡不着觉。任凭我怎样哭闹，装着剧情里的样子倚在门边哭泣，他们始终没让我再见到那些药。在居士们不断地要求下，我开始抄写《心经》，后来又发现了躺下来听《金刚经》可以让我入睡，我的很多个夜晚，都是这样在木鱼的击打声和出家人念诵《金刚经》的声音中入睡的。后来我才明白这段抛弃药物的经历对于一个抑郁症患者是多么重要和宝贵。

一个多月过去了，有一天我坐在田间，闻着泥土的气息，看着自己撒下的一粒粒种子，已经开出花朵。脑海中突然有个强有力的声音说：结什么样的果实，全是因为种了什么样的种子。生活中的道理也是如此，可惜，活了三十年，我竟然从未这样想过。

在农村我结识了一家笃信佛法的好心人，他们把我当作自己的孩子关心有加，我成了他们的干女儿。秋季结束，带着一丝对佛法的信任，我回到了城市。

初冬，虽然吃饭睡觉差不多正常了，但病情进入反复，多次试图自杀后几度命悬一线的我，记不清是怎样看到那个微博了——那是一张照片和几行文字。

照片里是一位红衣僧人，在雪地中静静地欢笑。那段文字是这样的：

佛经中把我们生活的这个世界称为娑婆世界，意思是能忍受缺憾的世界。痴心不改硬要在这个缺憾的世界里追求完美，会有结果吗？——希阿荣博堪布那一天，气若游丝的我，黑暗中躺在床上，看到世上竟有这样纯净的笑容，像阳光穿透了乌云。

这分明是在问我呀！被这样一问，我愣住了。思考了很久，是啊，我为什么样样事都要追求完美呢？原来我们这里是娑婆世界，原来这个世界的真相，就是样样事都不完美，而我却不明白真相，样样事都追求完美，我能不痛苦吗？

我眼前的这位红衣僧人，笑容温暖明亮，眼神清澈无浊。照片上的他看上去那样年轻，比现在的我也大不了几岁吧，他带给世界的是什么，而我带给这个世界的又是什么？

躺在床上，看到师父照片的瞬间，心头似有一阵轻柔的风掠过。我的这颗备受煎熬的心，在那一刻竟感觉到了阔别已久的清凉与舒适。这个世界上，真的还有那么一个人，在遥远的地方，在我不知道的地方，竟了知我所有的痛苦和忧伤。

从那一刻起，我的生命发生了转变。

往后的几个月我依旧时好时坏，自我放弃的念头仍总在脑海盘旋。虽然对佛法产生信心，却没有任何系统的闻思修。春节时在农村认的笃信佛法的干妈，看我的状况再次危急，就把我接了去。她请来了一位学佛几十年的老居士。老居士讲述着她自己年轻时的苦难经历，以及学习佛法的体会。讲到最后，万念俱灰的我听清了一句话："我们活着，就是要让别人感受到快乐。"我哭了。

那一天谈话结束时，已经是午夜了，农村的夜宁静而美丽，月光下我似乎懂了，生而为人应该怎么活着。她们通过学习佛法，不光自己找寻到了快乐、光明，也能帮助别人，她们都做到了，我也可以。还有，在雪地中展露笑颜的希阿荣博堪布，我希望能拥有他那样的笑容。记得那一天，我睡得很香甜，以后的几天中，我不再拒绝吃饭，吃得越来越多，渐渐脸上有了血气，身体逐渐强壮起来。

很快我开始回到家学习净土法门，同时，我开始浏览次第花开网站，最早读完的便是希阿荣博上师的传记《喜乐的曼达拉》。

在平静的心境下，我仔细观察过去的"我"，真的全都错了，身语意，真真正正全都错了。

在以前，我常常以为自己是个"卓尔不群"的人，得过很多奖状：校级三好生、市级三好生、省级三好生，不管走到哪里，我都希望别人夸奖自己，处处想比别人做得好。随着家庭生活的变故，我变成了叛逆、执拗、敏感的人。我成了大人生活的障碍和困扰。十几岁时甚至很多次和继母大打出手。

这就是我步入这个社会的基础，为人做事，任何事都不肯示弱，不肯低头，好面子。但自己却把这当成是勇敢和不服输的进取精神。

后来我开始为自己筹建一个美满的家庭。可在这种事事要求完美的心态下，我遇到的事事都不完美。没有正确的取舍，感情生活一波三折。在人生的许多个十字路口，我本可以做出正确的选择，然而我却一步步走向深渊，一次次犯下严重的过错。

我为什么会得抑郁症？过往的一切心行，决定了我的处境。我的行为、语言、意识，始终只为这个"自我"服务着。我的心里只有一个"我"。在遇到佛法和上师之前，我根本不知道还有一种人生观叫“利他，不伤害”，不知道还有如此多的人在遵循这样的人生守则、在幸福地生活着。

不再“恨”的那一刻，我突然觉得眼前一片光明。我觉得自己特别幸福，原来，放下，并不意味着失去什么。我得到了前所未有的踏实、快乐。

曾经有朋友很为我那么小就忍受家庭暴力、父母离异等困苦打抱不平，然而我已想明白了：人来一世，有来讨债就有来还债的。谁人不愿意快乐地活着，可是如果一味放大自己的苦，只想到自己的感受而不顾及他人，那就会走进死胡同。上师说过：“无论善缘恶缘，到了眼跟前，都是同证菩提的缘。”

时光穿梭回2011年初春，看着那个刚刚经历过生命中最大一场狂风暴雨的自己，温煦的午后，还是那个小屋，一切都没有变，然而，一切都是新的，恍若隔世。

我的病的的确确是在很短的时间内奇迹般康复了。是奇迹吗？我很确定，是。对于长期依赖药物的抑郁症患者来说，我的康复的确是奇迹。如果说真的是奇迹，那是什么特殊的药片治疗的呢？

我见过听闻过很多抑郁症、焦虑症、躁狂症的患者，长期吃药，长期住院，花费巨大。其实，在佛法里，有一整套的修持办法，可以让我们重获安乐自在。我的体会是：在一念之间，我的病就好了。

佛法就是最好的药。

上师三宝是我孤苦无依时最究竟的依怙。而我唯一要做的，就是去思考，去相信，去实行。

扎西措

2012年7月

读一读佛菩萨的事迹，看到他们的心量是多么开阔广大，我们会明白为什么自己的福报会这样小。如果能心怀欣乐地去了解佛菩萨曾发下怎样的大愿，是怎样修行的，成就了怎样的功德事业，心里因此而充满了欢喜和感动，这样的随喜能帮助显发我们内在的佛性。

——希阿荣博堪布

浸沐檀林香

心静的时候，观察自己林林总总的凡夫习气，其中，如果说还有一丁点有用的习气的话，那就是“比较爱看书”这个习惯了。

这个习惯倒是从小就有。小的时候还没有电视，新华书店就成了我最爱去的“娱乐场所”，在那里，跟我喜爱的故事人物“会面”，是一件很愉快的事情。我喜欢挑选一些外国的名著看，没有钱买，一本书常常要好几天甚至一周多的时间才能看完，看书的时间也只能是从下午放学后，到新华书店打烊时为止。那时好多翻译书常常就只有一本，我非常担心我正在看的书会在我白天上学的时候被人买走，所以，每次书店关门时，我就将书塞进那一排排陈列着的书的背后，把它藏起来，让人找不到，这样到了第二天放学时，我就又可以准确地把它找出来，继续阅读。

通过这种方式，我一本接着一本地看完了我家乡那个小小的新华书店里几乎所有的翻译书籍。好几年下来，那里的工作人员都很熟悉我了，我想看的书，她们也可以帮忙留着，暂时不卖，我也就用不着那么辛苦地将书藏来藏去的了。后来她们还特意为我找来了一个板凳，从此，我就名正言顺地把新华书店当成图书馆，舒舒服服地坐在那里看书了。

现在回忆起少年时代的事情，我还是有些惊讶当时的“好学”。尽管那时看过什么书，现在几乎都记不得了，而且对我的生活好像也没有什么大的帮助，但这个喜欢读书的习惯多少还是保留了下来，并且在我学习佛法时带来了帮助。

我记得在皈依后，曾经发生过这样一件事情。

那时，师父授过皈依戒后，将一本《金刚经》交给我，说：“你好好看一下。”说实话，长这么大，尽管看过好多书，佛经我还从来没看过。小时候就养成的阅读的习惯，后来随着习气的增长，也慢慢演变成了猎取新闻八卦和商业信息的动作。可我当时并没有意识到这些。

我回到家，没有立即随便地翻开《金刚经》，而是找了一个相对清静的时间，燃了香，盘腿郑重地打开了它，一字一句地读着……

心灵的震撼就在这个时候发生了。

在之前，我阅读过不少的西方哲学书籍，也比较深入地熟读过西方的一些宗教经典。但，如此平等、如此究竟、如此包容、如此智慧的经典，我从来没有看见过！以前，在阅读西方哲学经典和宗教经典时，心里也产生过关于“假立”和“实有”的疑惑，产生过自我解嘲般的“逻辑悖论”。而此时，面对《金刚经》，一个全然崭新的、认知世界和生命价值的知识体系，光耀地铺展在了我的面前！佛陀以如此亲和的、如此耐心的方式，向我们揭示这个幻象世界的真相。

当然，我完全没有资格谈论《金刚经》。在这里，我只是作为一个比较爱看书的普通人，向大家描述我当时的阅读感受——我号啕大哭！

那是一种发自内心的、彻底的哀伤！它彻底地爆发了出来。我哀伤自己这么几十年来，花了那么多的时间，看了那么多的书，那么辛苦地、渐渐地构建了一个看似非常科学和合理的知识和价值体系，在这一刻，都被实在地证明——白费了！白白地浪费了！如同瓦砾遇到金刚钻，曾经的体系在我面前坍塌为泥。

三十多岁的人，在真正究竟地认知世界的道路上，还站在婴儿的地点。除了痛哭，还有什么可以表达？

于是，我迫不及待地开始阅读上师希望我们必须阅读的佛学经典。

阅读佛学经典，可能一开始并不会给我们带来看世俗读物那般的阅读“享受”，有时可能还会觉得有些枯燥和难懂。阅读我们习惯的世俗读物，比如小说、杂志、诗歌、散文，或者哲学以及一些历史书籍等，我们往往在潜意识中，希望从读物中找到和自己的喜好或者价值取向一致的观念或者事件，来证实自己的正确；或者从他人的故事中找到自己的梦想，来刺激自己的欲望，尽管这种欲望往往被我们称为“理想”；或者想猎奇一些稀奇古怪的事情来满足自己的好奇，如此等等。在此过程中，我们往往顺应着自己的习惯思维和已经形成的各种观点认识。而佛法，却似乎时刻在和这些习惯以及我们自认为正确的各种观点“作对”，它时刻提醒着我们要跳出来，不要被它迷惑，要看清楚万事万物的真正本性是什么，并一再地让我们往内看，看自己的心。

这全然不同的知识体系的训练方法，可能在刚开始的时候，让很多人都觉得不适应，太难了。但是，我的体验是：真的不要紧，保持信念，哪怕刚开始时，是“硬着头皮”看，但反反复复地看后，就可以渐渐地建立认知，并开始影响自己的行动，这个影响的结果是善妙的，不仅自己可以看到，周围的人也可以感受到。到那个时候，阅读所产生的享受，便是非常非常的甘甜和喜悦了，是读任何世俗的书籍所远远不能达到的，因为心已经开始转变。我想，只要勇敢地坚持阅读下去，经过刚开始可能比较难的入门这一关后，接下来，你自己就会喜欢上这样的训练和阅读。

其实，这样的体会我们并不陌生。我们去健身房塑身，用各种器械来训练自己的肌肉，一开始我们也会受一些皮肉之苦；在我们学习其他的语言时，生记硬背单词和语法来训练其语言体系，一开始也是枯燥难熬的；但是，想到它们将带来的利益，这些苦我们就心甘情愿地接受了。**佛法，是在训练我们的心，训练我们的心放弃贪执，真正养成利益他人、利益自己的习惯。它带来的是身心祥和，是生生世世永脱烦恼、恒时享受安乐的、无法用语言来估量的利益，难道为此受点苦，还有什么可以抱怨的吗**？

所以，对真正能带来解脱利益的好书，一定要坚持读下去，反复地读，直到影响我们的行动，让它变成一个连自己都不会觉察到的优质的习惯。这个优质的习惯会带给自己难以估价的利益，绝对没有放弃的理由。

对于一位刚刚开始接受佛法教育的初学者，师父往往会指定一些必须阅读的教法书籍和经文，我也一样。在“硬着头皮”完成这些阅读训练和每日功课的同时，我会参照以前我们学习任何世间知识的方法，为自己找一些“辅导教材”。这些“辅导教材”是为初学者准备的，可以加深对佛学教法体系的理解，建立正见的粮食。它可以很有效地解决自己在阅读教法时所产生的种种迷惑，而且，更重要的是，它可以反复地从不同的侧面来让自己建立起对教法的正确理解。这些“辅导教材”可以是伟大上师们的开示、论释，也可以是伟大传承上师的传记，或者是他们留下来的诗篇，或者是关于这些教法本身传承的一些故事，等等。凡是觉得是对自己目前阶段的修法训练有帮助的，是被诸多传承上师推荐和认可的，我都把它拿来做“辅导教材”。

不可否认的是，我在选择“辅导教材”时，有些“贪图”作者的背景。我往往只选择那些被公认的伟大的传承上师所著、所述的书籍，我把它们称为“好书”。因为我只想走捷径，不想走弯路。在这个方面，我有些执着“名家”。并且，这个“名家”还不是在书的扉页上自称的“名家”，而必须是经过我所信任的上师所认可的“名家”。我的原则是宁精勿滥。在这个方面保守一些，我认为比较安全。因为，作为一个初学者，我并没有能力去判断一些不熟悉和不了解的书籍中，哪些内容是适合我的，哪些内容是不可以接受的，就像没有本事把掉进老鼠屎的汤重新变得清净一样。

这些“辅导教材”在我没有机会面见师父，却又不得不独自实践时，给予了我极大的帮助。它们帮助我更好地理解和实践师父所传授的教法。因为通常我们面见师父的机会很少很难得，而师父往往就会直接利用这些异常难得和珍贵的见面机会，为我们灌顶、授戒和做普遍性的开示，使这些珍贵的见面时间得以最大程度的利用，给予我们尽可能大的利益。

在这些好书中，我个人最喜欢的，是有着优美文字和甚深寓意的各类仪轨中的祈请文。特别是在得到了上师的口耳传承后，这些寓意深远的优美祈请文会在自己每日的念诵中，散发出越来越璀璨的光芒。

和这些“好书”为伴，日渐减少自己日常生活中的散漫懈怠和闲聊，是我这样一位初学者真正学习如何实践皈依时所发“皈依上师，皈依三宝”誓言的最好体验。犹如一块普通的木头，时时浸沐檀林香，日久也会散发出檀木的香气。

成利措

2008 年 12 月 18 日

合家团圆从来不是我们心目中幸福的体现。我们最大的幸福是解脱。所以只要一家人都走在通向解脱的路上就满足了。

——希阿荣博堪布

父亲

“散落天涯”，是一个充满悲伤的词语。

对于有些岁数的人来说，回身看看过去，更觉得很多别离是那么突然，那么绝望，甚至留下久久难愈的伤痛。

我父亲的哥哥在他 18 岁之前就去台湾了，从此，他们兄弟彼此的心底就埋下了一个隐秘的乡愁，因为，在那个年代里，有亲人去了台湾，留下的家人是不能提的。他们兄弟五个，在后来的岁月中，几乎像断线的珠子散落四方。

岁月无常，虽然后来他们有过两次短暂的团聚，但漫长的告别，掩盖了短暂的喜悦，他们很少再提我已过世的三伯，他到死依然在海的那一边。

昨天，我75岁的父亲终于决定回到儿时的老家，想还原他们这个大家庭最初的模样。他说："我想把家谱整理出来。"

我几次想劝父亲不要去，就算看到旧人，描画出儿时家人俱在的情景，回忆起当年的团圆，又能如何呢？但又张不开嘴，他是知识分子，教书育人一辈子，却独独不接受佛法，虽然也和我们一起放生，一起供灯，但总是不肯真正迈进门槛——皈依。我有时看着他渐渐开始耳背，走路蹒跚，甚至开始丢三落四，心里就很难过，一是如果最后他自己面对死亡，一定是恐惧万分；二是我想了很多办法，都没有让他生起信心，我担心自己辜负了这一世的父女因缘。

看看身边大多数父母和子女的因缘，不管是深深的眷恋，还是冷漠的相对，抑或寻仇似的憎恨，最后，总有那么一刻，我们要分离，开始下一场轮回，而不是解脱。这想想就令人沮丧万分，悲从心起。

我常常看到人们全家一起走在朝圣的路上，父亲，儿子，兄弟姐妹，磕长头的人身后不远处，家里的其他成员拉着一辆小木车，上面有露宿的帐篷，路上的简单食物，装大茶的暖水壶。开法会的时候，更是全家老少一个不落全部都在，连抱在妈妈怀里的孩子都沐浴在法音里，仅仅目睹这些，就让我热泪盈眶，这才是真正的福报啊！

我理解我的父亲，在返回故土的时候是在竭力地想把散落的珠子靠自己的回忆一点点找回来，人世间很多看似圆满的瞬间，我们都不会轻易撒手，他那么认真地拼贴一个过去的大家庭，不知道又可以支撑他多久呢？

想到明天父亲就要回来了，我依然没有找到合适的契机和他谈，就很焦虑。

坐在书桌前随意翻着手里的杂志，突然看到一个图片的介绍

《佛说净饭王般涅槃经》，猛然想起2500年前的另一对父子，净饭王和悉达多，爱子如命的净饭王想尽办法依然没能阻止王子出家，他们之间的别离在彼此的心里是怎样的感受？在国王病危的时候，已证悟成佛的悉达多王子回到父亲身边，父亲皈依了佛陀，并倾听了法要。

忽然，我轻松了很多，因为我不是悉达多，我的父亲也不是净饭王，作为家人，在无法共享佛法的时候，恰恰是对我的考验，我必须全力以赴，让善的种子健康成长，让正法启迪我的智慧，所以，别人的问题，其实恰恰都是我自己的问题！

明年夏天，我该带着父亲去高原看看了。

愿相爱的人们在无常里相爱！

愿这一世的家人共同走向解脱！

希阿拉姆

2013年11月5日

当处于情绪的低谷又孤立、封闭时，我们很容易认为自己比其他人都更悲惨。但是，情况肯定比想象的要好。不要相信有个叫“命运”的家伙在专门跟你作对、故意要整垮你。这个世界上不是只有你失意、无助、没有安全感。你的感受是众生普遍的感受，你并没有被遗弃。

——希阿荣博堪布

你不要怕黑

夜里如果没有月亮，会黑得厚重而阴郁，只要月亮在，哪怕是一个月牙，也让黑夜多了诗意和线条。我想这就是我特别喜欢金刚萨埵佛尊的原因，第一次看到她的唐卡，就觉得长得真好看，虽然很多画师把佛菩萨的脸都画得差不多，但我总能一眼就认出她来，那种完美线条的明月脸，散发着温柔而耀眼的光亮。后来读到《金刚萨埵修法仪轨》的第一句“清净虚空日月上”，一下子就空了；“自证智慧大乐性”，嘴角都能笑出来；“金刚萨埵身月色，寂静姿态相好灿”，顿时觉得其美妙程度让很多美丽的词语显得那么局促。只要在夜里看一眼饱满的圆月，我立即会觉得她就是金刚萨埵佛尊。

这致使我在开始读仪轨的时候有些不严肃的微笑，因为只顾着美了，甚至有一次在拉萨看壁画，碰见一游客问我在看什么，我脱口而出“月亮”。她疑惑地找了半天，我赶紧补充道：“这位佛叫金刚萨埵。”

她继续问：“她管什么的？”我认真答她：“如果有失毁誓言的人，在她面前忏悔，可以清净自己的业障。”

不承想她突然回身对后面的一个男人大叫：“老公，你快过来，我找到了，我们可以请这个菩萨回家供着！”

我吓得赶紧溜了，坐在外面的广场上我还纳闷：自己怎么会跑出来呢？跟他们好好聊聊多好。再仔细想想是自己太喜欢金刚萨埵佛尊了，甚至觉得她就该待在没有污染的地方，怎么可以被那对俗人拿回家摆放呢？

万事都逃不脱因缘。这件小事后不久，我的一个旧友来找我，让我介绍好中医给她，说晚上很难睡好，还容易焦虑，已经开始掉头发了。在我眼里她一直属于那种能力很强，长得又好看，还会管理家务的女人，而我在她眼里就是个智障儿童，她说我三低，“情商低，智商低，鞋跟低”，因为我是我们几个里面唯一不会穿高跟鞋的女人。我一想，这回她真是自己靠能力扛不过去了，就赶紧先带她看了几个中医——都是有名气的世家了，谁知，她干过几年护士，看中医几乎就是和中医们辩论了，我难为情地又把她领回了家。到了家，她坐在地毯上，点了根烟就开始掉眼泪了，我一时也难受得陪她掉眼泪。

“你知道吗，我现在一到晚上就把所有的灯都打开，连睡觉都不敢关。”她委屈地哭诉。

“没事，会好的，我以前也这样！”说完这句话，我自己都吓一跳，因为这事只有两个人知道，一是师父，另一位是师兄。

她马上也呆了一下：“你这个没心没肺的家伙也会这样吗？”

这回我咬咬牙，不能再拖了，得让她知道正法的力量和慈悲。

"我在生完孩子后有过短暂的产后抑郁，晚上不敢关灯，一是怕黑，二是怕黑夜里有坏东西来掐我脖子。"

她把手里的烟在小巧的玻璃缸里按了下，换了杯水拿在手里。

我继续说道："不仅怕黑，还睡得特别轻，一丁点儿声音就醒来了，完全忘记了放松的滋味，这样持续了一段日子，自己也觉得很难过，后来，一位师兄建议我多念百字明。"

她好奇地问："什么是百字明？"

我尽量把我了解的都告诉给她，也告诉她金刚萨埵的愿力就是清净我们的业障。后来我在师父那里请了金刚萨埵的唐卡，一直挂在家里。

这个下午过得很快，我建议她请一幅唐卡回来。

夜里，我回到自己的家里，回想着下午的长谈，一是忏悔自己的分别念太重，在拉萨的那位游客和我的旧友，她们都那么需要正法的滋养，可我却厚此薄彼；另外，仔细回忆了自己的说法，应该不会让她产生烦恼，因为她一定有机会遇到自己的上师和佛法的正见。

而我自己，偶尔还是会在黑夜里醒来，不同的是，不是急着找灯的开关，而是心里默念心咒，好像在我心间住着上师，莲花座上的金刚萨埵佛尊，莲花座上的莲花生大士，他们把最有力量的大光明，通透地照向整个世界，我，就是在那个世界里一个幸运的孩子！

愿众生远离恐怖！

愿众生找到依怙！

愿众生常在光明里！

希阿拉姆

2013 年 10 月 28 日夜

我们生命的最大特点，就是它的局限性。每个人都自以为独立，有想法，自由自主，实际上我们的每个念头、一言一行，都被无数条件、无数因素限制、影响、塑造着。无一不是条件的产物。

轮回中的生命，没有真正的自由可言。

——希阿荣博堪布

生于斯，亡于斯

人生在世，每个人都避不开两个问题：生命从何而来，最终将去往何处。

对于前一个问题，我曾经以为达尔文的进化论已经解决了，并进而对人类的智慧赞叹不已，因为我深信科学。后来在大学里遇到了外教 James Wilson，谈到这个问题时，他忍不住哈哈笑起来。反复问我："为什么会认为人是由猴子变来的？""会直立行走和劳动的动物不只是猴子，为什么对猴子情有独钟？"

那时我以为达尔文的理论是权威，不明白为什么这么明晰的科学常识会有人质疑，只将其归于 Wilson 的基督徒身份。我反击道："全能的上帝能创造出他搬不动的石头吗？"风度翩翩的外教拍拍我，笑着走开。因为，每次他尝试回答这个问题的时候，我已经有结论："原来上帝被困在这个悖论里还没有走出来。"他的那些神正论理论，根本进不了我的视线。我仿佛辩论赛夺冠一般得意。

后来我到了法国，也去过欧洲很多国家，认识的人多了，我才发现世界不是我想象中的那样：不同国家不同年龄的人，对生命、对生活的观念，都大不一样。我觉得自己像井底之蛙。没想到，之后的发现更令我惊讶：原来西方的那些所谓"科技强国"，并没有把科学奉为至上圭臬，科学并不是决定一切、推动一切的力量。他们心中的科学，更像是为生活提供便利的一种工具。不是所有欧洲人都认同达尔文的进化论，认同《圣经》中上帝七天创世记载的，当然也不是所有欧洲人。

那么，生命从何而来？很多人表示这是个谜，以目前人类的智慧尚无法解决的谜。这个本来我认为达尔文已经解决了的问题，现在又成了谜。在迷惑的同时，我也很欣赏欧洲人对科学的态度，他们似乎多多少少都接受了康德"为知识划定界限"的观点。康德说，科学只适用于人类的知识领域，而更高一级的领域，比如道德和宗教，则是科学无法到达的高度，是不属于科学和知识的另一个领域。科学和宗教在西方可以和谐而又互补地存在，大抵离不开康德的贡献。

大致了解和接受了欧洲人的思维模式和文化风俗之后，那里浓郁的人文氛围和悠闲舒适的生活环境让我着迷不已。假期时间，我不知厌倦地像集邮一样逛过一个又一个国家，流连在博物馆和美术馆中，审美疲劳到一定程度之后，甚至还进入到一度不认同的《恶之花》所标榜的"审丑"状态中。在这种轻松愉快的生活环境里，我逐渐放下了对生命最初来源的追问。

我和老师、同学、朋友经常聊的话题是"中国人有没有信仰”“信仰对人的生活来说是否必需”，尽管很多西方人都不认为中国有真正意义上的宗教信仰存在，但我坚持认为中国人潜意识中有一种集体信仰，那就是儒释道三家融合在一起所产生的一种文化精神，就像是辜鸿铭在对西方人的演讲中所描述过的那种“the spirit of Chinese”。它不是有神论的宗教信仰，但它相信天人感应；它不强调以仁爱为主的“末世论”或“救主论”，但它赞扬人格中的“诚实忠孝”，这些已经融入以汉人为主群体的中国人的生活模式和思维习惯中。

在欧洲，很多不愿接受基督教、天主教等传统的宗教信仰的年轻人将目光转向中国，他们认为没有信仰的中国人开启了一种新的生活模式。然而在中国，越来越多的人却将传统文化衰落、道德滑坡的现象归咎于信仰的缺失。文化和信仰的交流与冲突是人类一直要面对的难题。至此，生命的疑问并没有解决，但已不再成为我的困扰，困扰我的是第二个问题，“死亡”。

“死”这个字眼经常被人们有意无意地忽略，因人们对它有太多的恐惧和忌讳。至今难忘一件发生在我小时候的事。有一年的大年初一，按照北方人的传统春节风俗，一家人在一块吃早饭互道吉祥话时，我忽然模仿老人讲话的口气说：“过一年少一年。”话音刚落，仿佛被谁按下了暂停键，大家都停了筷子，刚才饭桌上谈笑热闹的气氛荡然无存。

我立刻意识到“糟糕，我闯祸了”。但是讲出去的话收不回来，我放下筷子，手足无措地等待大人们的后续反应。愣了一会儿，妈妈才想出办法来，她气呼呼地冲爸爸说：“揍她一下！”爸爸没有打我，只说了句“正月里多说拜年话”。但事情并没有过去。正月的那几天，气氛中总带着沉重，似乎我预言的不祥即将发生，直到出了正月，一切才又重新恢复正常，该逗乐就逗乐，该斗嘴就斗嘴，该打孩子就打孩子。从那以后，我很少说不吉利的话，更不提“死亡”这么极端的词了，直到我看到海德格尔的著作——《存在与时间》。

第二次世界大战后，饱受战争创伤的欧洲人开始反思生命和存在的意义，越来越多的人开始批判战争对生命的不尊重，并意识到现代人的生活正逐步被焦虑、不安、烦恼所占领。反战和存在主义思潮兴起了。在海德格尔看来，西方人过于关注存在者，而忽视了存在本身的意义。

他认为，每一个人乃至每一个生命都是不由自主地被抛入这个世界中的。生活在这个世界中的人，在跟物打交道，在与人相处时，经常处于烦恼中。海德格尔认为，要摆脱这种烦恼状态，唯一的办法就是“向死而生”，也就是正视死亡，直面死亡。因为死亡来临时，所有的烦恼都会放下。

有了面对死亡的勇气，穿过生存者的各种欲望的面纱，生命逐渐显露出它的真容，在这基础上展开的生活将更符合生命的本意。海德格尔将这种生活状态，称为“本真的生存状态”，也就是不受烦恼干扰的、为了生命和存在本身而展开的生活。他借诗人之口赞叹这种生活为“诗意的栖居”。海德格尔影响了战后一代欧洲人的生活，唤醒了欧洲人，鼓励他们认真体验生命本身的意义。

我也因此开始正面认识“死亡”。没多久，爷爷去世了，亲戚朋友很快就从这件事中走了出来，只有奶奶除外。爷奶老两口的感情很好，听说一辈子没吵过架。爷爷去世后，可能因为过于思念爷爷，她的时间完全混乱了。她活在和爷爷一起过日子的记忆中，很快就变得越来越糊涂。后来清醒的时间越来越短，甚至连自己的儿子女儿都不认得了，常把孙子孙女当作年幼的儿女，每天都处于找不到爷爷的不安和焦虑中。奶奶的身体本来就不好，加上缠过小脚，走不了远路，糊涂之后经常像玩捉迷藏一样趁人不注意就自己跑出去找爷爷，一走就是五六里地。没多久，被折腾得骨瘦如柴的奶奶在痛苦中走了。

除了想过自己会死之外，我从没做好亲人也会死的准备。**直面自己会死这件事，可以帮我解决生活中的一些烦恼焦虑，使生活状态努力朝向本真**，但是，海德格尔不能帮我面对长辈离世的问题。我很想知道人死后是否有灵魂，爷奶是否还在一块，奶奶能不能找到爷爷。我问了爸爸、妈妈，还问了姑姑，他们说："念书念傻了的孩子。活着的时候就好好过，死后的事情谁知道呢。"

他们把生老病死看成再自然不过的事情，人一代代都是这样过来的。海德格尔也无法解释生命。他没说生命被谁或以怎样的方式抛入世；没说死亡来到时，生命将进入何种状态。而"死亡"的问题我却愈加想问个明白。还没等我找到答案，我最喜欢、最依赖的亲人——我的外公——也患上了阿尔茨海默症，本来就寡言寡语，此时更加沉默。说话时对着空气，内容也莫名其妙："有人在屋顶上跳舞，你们怎么不看？""你是谁？找谁啊？""那边来了三个女人，快拦住她们，不能过来……"而我们什么也没看见。

人类能看到的景象、能听到的声音、能闻到的气味的范围极其狭窄和有限，心理学用"海面上露出来的冰山一角"来形容，海面下还有更大的范围是人类无力感知的。多么可笑，一心想探索太空的人类，其实连自身的感知能力都还没弄清楚。一年之后外公也走了，还算走得安详，但我越加接受不了死亡。我开始明白为什么大人们都对"死"字极为忌讳：因为它总与悲伤相连，而失去亲人的痛苦，有时我们无法承受，只能不去提、不去想。

失去外公，我越加爱想：人死后去了哪里？是否真的会有另一种存在状态？既有了生，为何还要有死？生者与逝者之间有怎样的关联？去世的亲人还会不会记得我？直到 2011 年，因一段特殊的机缘，我旅游去了喇荣五明佛学院。

我见到了索达吉堪布，听说了很多法王如意宝和他的五大心子的故事，感觉好像到了另一个世界。种种我视为传奇和不可思议的故事，在这里被稀松平常地讲出来。我心里评判着，“每一种宗教都是带有某些神秘主义倾向的。我相信这是可能的”。然而我所有的杂念、分别念在大经堂听索达吉堪布的课时一扫而空。肃穆的氛围、端庄的红衣僧人，堪布娓娓道来的讲法在我心里竟然一点儿没有抵触地被全然接受了。

当听到六道轮回的时候，我几乎要落泪，就是这个，我苦苦找了那么久，一直求而未得的对“死亡”的回复。我不相信人死如灯灭的一了百了，也不认同人死了要么进天堂、要么下地狱的说法。回到家以后，我开始翻阅一些书籍，想看看释迦牟尼佛到底是如何定义佛教的，喇荣为什么会有那么多潜心修行的出家人，他们和她们是怎样做到的。越看越觉得佛陀简直道尽了世间的一切真理，法王如意宝真是了不起。

世界在我面前打开了另一扇门。上师的加持终于进入被我层层包裹的心中。几个月后的一天，我偶然间打开了次第花开网站，之前也见过几次希阿荣博上师的照片，但这次的感觉从未有过：一种寻觅了好久，“你怎么才来”的委屈；一种流浪了好久，终于可以安住下来的释然。

在对轮回的深信不疑中，我慢慢地思维为什么要跳出轮回。轮回并不是死亡的终极，那要如何才能跳出轮回？我找来《西藏度亡经》，迫切地想知道人死了之后生命进入何种状态、会遭遇些什么。看完之后，我才明白西藏伟大的瑜伽行者教给新的修行人的那句箴言：“单从知识上寻求解脱谈何容易，若以信心求解脱就很方便。”

我正是陷入了仅把佛教作为知识来积累的误区，而解脱，更多的要凭借对上师的信心，看完书这个想法愈加坚定。中阴身期间，主要凭借的是上师和诸佛的愿力和佛力，以及我们凡夫的信心。这就要求我们平时要进行如何面对死亡的训练。

恰逢希阿荣博上师的新书《生命这出戏》出版，书中的“同生极乐国”单列了一章，清楚地指出了顺利往生西方极乐世界的原因、方法和利益，为如何出离轮回、应对死亡提出了具体的办法，堪称汉众弟子顺利往生的宝典。

死与生同样重要，死的问题是对生的问题的圆满和补充。**未了悟生死的人，都得一次又一次地面对死亡的威胁，无有出期。把生老病死作为自然现象接受的人们，需要改变对生死缺乏正知、不闻不问的态度。每个人应自问一下：“我是什么？何以生于此世？又将去往何处？”多想一想，人生也许会因此而不同。**

仁增曲珍

2013 年 8 月 12 日于寂静地

善良的人都心软，心太软则容易受伤害。的确，没人愿意受苦、受伤害，但放眼看看周围，我们会发现就算用铁石心肠把自己武装保护起来，也照样免不了痛苦的侵袭，所以，佛教的修行者选择开放，把一颗柔软的心完全向外界开放。

——希阿荣博堪布

化解冰雪的笑容

顶礼释迦牟尼佛！

我相信，每个人在成长的道路上都会经历这样的一个阶段：你对所有的事情都充满了美好的期待，都以一种孩子般的真诚去向往去憧憬，而对事情的究竟却缺乏最起码的判断与接受能力。此即所谓的“少不更事”。

近十年前，像所有还处在懵懂中不谙世事的年龄段的女孩子一样，带着几分天真、几分执着，怀着对心中向往的艺术的一份纯真的膜拜，带着过五关斩六将后的小小的得意与骄傲，我终于跨进了在梦境里企盼已久的那所著名艺术学院的大门。

在此之前，这所学院一直是我心里面一个高高在上的艺术圣殿，甚至直到今天，我依然对这所在中国享有盛誉的艺术院校心存感激。但是有一点也不得不承认，它与一般的非艺术院校的确有很大的不同：由于专业的缘故，接触的人相对来说比较多，也比较复杂，我需要在直面很多诱惑的同时分辨出别有用心的陷阱。它更像是一个大社会的微型缩影，给予我更多的机会提前去触摸社会。它自己有一个独特的圈子，而又以合作的熟稔程度及人情脉络等因素分成一个个小圈子，一个新人想要融进这个圈子找寻一个机会并不是那么容易。

或许生存真的不是那么容易，或许太多圈子边缘的人也想挤进来找寻一朝成名的机会，或许每个人心里都有那么一种物质与名利的虚荣心在作祟，都想出人头地，想在成为“人上人”之后轻易地获取任何自己想要的东西，所以总是有人会使出浑身解数甚至不惜抛弃自尊来争取可以使自己扬名立万的机会。**我始终相信，凡事皆有得有失，而所谓的得与失，在不同人的心里也自有不同的道德评判标准。我始终坚持，通往成功的路有很多，做好自己分内的事情，也自然会赢得本该属于自己的一切。**今天想来，自己曾经的想法着实过于天真，所以当事情发生时，长久以来心中构筑的所有关于所谓艺术的宏大梦想在刹那间被摔得支离破碎。现实与想象之间总是有着巨大的差距，成年人与未成年人之间一个很大的差别就是成年人可以清晰地为这个差距找到合理的解释，并且尽可能地去缩小这个差距，适时地调整自己的心态。而当时只有二十啷当岁的我很显然还不具备这样的能力，在现实面前我猝不及防，我迷惑了，彷徨了。

还依稀记得那个大雨滂沱的夜晚，躲在操场的主席台前大声哭泣的我是多么无助和无奈。随后的日子里，朝夕相处的同学们也因为各种各样的理由陆陆续续搬离了宿舍，原来可以容纳 9 个人的房间只剩下了两个人。在经历了那个梦魇般的夜晚之后，我发誓在自己不具备抗风险的能力之前永远离开这一行。相伴而来的，是光阴的虚度，是每一天的游手好闲、东游西逛，是极度的萎靡不振，甚至是游走在崩溃的边缘。没有言过其实，因为心灵已经彻底没有了方向。

与此同时，发生在另外一位还留守在宿舍的女生身上的变化却引起了我的注意。老实说，在此之前，我们基本上没有任何亲密的接触，交往的程度也仅仅局限于象征性地打个招呼而已。因此，最初我还因为要跟她朝夕相处惆怅了许久，但也就是在那个时候，她自身开始有了明显的改变，愈发通情达理讨人喜欢。在后来的交谈中得知，她与佛法有了最初的关联，已经开始大量阅读一些浅显易懂的佛法入门书籍了，学会了很多做人的技巧并且经常去寺庙参佛。

今天看来，应该是发生在这位同学身上彻头彻尾的改变引发了我对佛法最初的兴趣。依稀记得在一个春寒料峭的周日的早上，她问我是否要同去白塔寺参佛，想着留在宿舍里也着实无事可做，我便爽快地答应了。本来还是有一搭没一搭的状态，然而在踏进寺庙大门的一刹那，我的全身都被一种祥和的气场所折服。

说来也怪，在此之前也经常以游玩的形式随友人或亲戚往来于寺庙，却从未有过这样的感触。今天想来，或许真的是机缘的关系吧。之后，我一遍又一遍地围转佛塔，在同学的指点下嘴里默念着释迦牟尼佛的佛号，周身像被一种强大的气场所笼罩。此后，每周末前往寺庙参佛便成为我日常生活中不可割舍的一个环节。

2000 年岁末，在一位师兄的引见下，我第一次见到了我的根本上师希阿荣博大堪布。那是在一家医院的病房里，上师来此治疗心脏病。在路上，师兄大概描述了上师的样子及上师的一些功德。伴随着几分激动，我也一路上动用了所有的想象力来描画上师的形象。

怀着几分忐忑与不安，终于来到上师的面前。真正见到上师时，内心却充满了迷惑：他真的生病了吗？怎么会有这样的病人呢？透着几分虚弱，却依然那么平和、那么淡定、那么从容、那么快乐，言谈举止间又隐含着似乎可以洞穿一切的智慧。想想我自己以及生活在现实世界里的人们吧，哪个人的脸上不是写满了愤世嫉俗？生活的种种境遇已使得人们的思想近乎麻木。而眼前的这个人，在他祥和而亲切的笑容里，你还可以看到几分孩子般的童真，使人瞬间产生信任，下意识地想要接近他、亲近他，想把心里面所有的事情告诉他，并且迅速瓦解自己在平日生活中由于猜忌和防备所产生的种种隔阂。也是在那次见面的时候，我与几位同去的弟子皈依了上师。在皈依的过程中，聆听上师娓娓的话语，我感到被无量的爱所萦绕。

上师似乎看出了我们几位弟子的心事，始终营造着一种轻松的谈话气氛，使得我们慢慢平静了下来。也就是在那个时候，我对师父生起了无上的信心。渐渐地，我开始明白，什么东西才是人这一生真正想要的，什么样的境界才是人真正可以向往并努力去追寻的。我之所以在某一段时间里精神负担如此之重，说实话还是放不下心中的那个“我执”。渐渐地，我心中放下了对名利与奢华的追逐，大学毕业后一直从事一些与专业沾边儿的工作，因为有佛法相伴以及对上师无上的信心，日子过得平淡但却真实和充盈。与同学相比，虽然少了大把的钞票，但对于心灵来说这才是更为珍贵的。

后来，从其他弟子处得知，师父一向擅长以幽默或玩笑的特殊方式导人向善，俱生就拥有许多世间与出世间的高尚品行，在他这种独特的点拨与指引下，很多人皈依了佛门，并因此而光荣幸运地加入了释迦牟尼佛四众弟子的行列。

上师始终以其大慈大悲关照着世间一切众生，为了使那些进入集市或屠宰场的可怜的旁生免受被杀之苦，上师每年都要投入大量的财力与精力进行救助。2003年，我在介绍上师的第一张光盘里面看到了这样一个画面：上师悲悯的目光始终在关爱着那些即将被推上断头台的众生，也在拷问着每一个生活在自我欲望中的人的灵魂。几年来，上师的这个表情始终在我内心清晰如初，每每见到生灵被屠宰的场面就会闪现，我也总是感到同样切肤的疼痛。2004年，有幸跟随上师放生，我始终想象着那些从屠刀下面躲过一劫并有幸听闻佛法、种下了解脱种子的旁生该是怎样的欢喜与雀跃。在上师这种无私的大爱里，伴随上师的加持，我获得了一定的超脱，一种越来越明晰的状态告诉自己：放弃所有的私欲，摆脱贪婪的束缚。

其实说来惭愧，皈依上师多年，由于工作忙碌，真正亲近上师的机会并不是很多。今年6月，终于有幸在结束亚青的朝圣之旅后赶到佛学院拜见了上师。上师的言谈话语纯粹而简单，轻松而睿智。

皈依之后，我无论是对人还是对事，已经少了多年前的那种桀骜不驯与锋芒毕露，学会了以宽容与博大应对法界众生，尽管有时候不是那么尽善尽美，还有不小的缺陷，但是依赖于上师的传承，虽谈不上大彻大悟，自身也或多或少有了些变化。只是一直责怪自己，每天用在功课上的时间太少。在未来的岁月里还要精进再精进。

希利容母

2007年5月

很多不信佛的人，究其原因，不是因为他们不认同佛陀的教法，而是他们没有机会了解佛法，所以尽管对痛苦、无常有认识体会，却也无可奈何，不知道人竟然还有可能从痛苦中完全解脱。

——希阿荣博堪布

回家的路

从电影院出来，天近黄昏，阳光暖暖地照着，我找了一个露天咖啡座坐下。在巴黎，香榭丽舍大街。

一辆敞篷的莲花跑车从面前经过，车里是名年轻的女郎，卷曲的金色长发，穿着迪奥最新一季的外套。迪奥这一季的风格有些嬉皮，也许是最昂贵的嬉皮。我望着街上往来的行人发呆，试图厘清自己的思绪。

两周以前，我正在罗马旅游。热情的意大利男人挑衅似的吹着口哨，骑着摩托车从面前呼啸而过。我有点恼，又觉得好笑，却无意间抬头看见路边大幅的海报。海报上画着一位亚洲面孔，穿红色僧衣的出家人。我一向对精神世界充满了兴趣，回到巴黎后，等电影开始上映时，便第一时间进了影院。

一位年轻的僧人，刚刚完成三年又三个月的闭关，却遇到了令他心动的女子。他从小便被送到寺庙出家，在清静的修行环境里成长，此时的他，无法让自己平静。“连释迦牟尼佛都是先做太子，享受尽了人间的富贵柔情才出家。”他这样与年长的上师争执。在一个夜晚他悄悄策马下山。他脱去了僧衣，找到心爱的人，开始结婚、生子、挣钱、养家……在经历了世俗中种种的欲乐烦恼后，终于，他又剃去自己的头发，换上来时的僧衣，回到了寺院。

故事很简单，然而当灯光熄灭，大屏幕亮起来时，第一组画面便瞬时让我窒息：晶莹的雪山，清澈的湖泊，一只老鹰划过晴天。它唤起了我埋藏心底的一个记忆，一个三年前的场景。那天，我坐车翻过巴郎山，靠着窗，我看着陡峭险峻的山谷。一只老鹰从一块突出的岩石上，振动双翅，无声地从高空滑翔到山谷对面。我的内心有所触动，似乎是沉睡的信息，我不知道那是什么样的启示，触动我的是它的威严、孤独和飞行时从容的体态。

1999 年夏天，我去九寨沟和四姑娘山旅游，那是我第一次走到青藏高原的边缘。在风景之外，我喜欢上了质朴爽朗的藏族人，从那以后，便一直希望能深入高原，看更多的风景。

我想起了能歌善舞的藏族姑娘。从松潘到九寨沟的路上，有一位藏族女孩拦下我们的中巴车，搭车去九寨沟。她高高的个子，穿着传统的藏袍，上车坐定后，便说：“我给你们唱个歌吧。”嗓音高亢，但我无心欣赏，对她怀有一种戒备。车拐过一道险弯，她又从包里拿出一包龙达，撒向窗外，笑着说：“龙达可以保平安。”看着她脖子上挂着的一串又一串珠子和装得满满的行囊，我暗想，她这么主动示好，一定是要向我们兜售饰品。然而，一直到九寨沟口，她仍没有向我们兜售任何物品。她平时在九寨沟表演歌舞。我为自己的狭隘而羞愧。

我想起了康巴汉子。九寨沟有一个景点，游客常常骑马到那里，我也选了一匹高高的白马。为我牵马的是位中年藏族男人，黝黑的面庞，五官分明。他对我说："不走大路，我带你穿树林过去好吗？"我有点害怕。有一条骑马道，游客都是从这条路去到那个景点。我给自己壮了壮胆，想：这是旅游区，应该不会有什么事，便同意了。那是一片原始树林，树很高，枝叶茂密，光线从缝隙里透进来。地上有腐朽的树段，长着蘑菇，空气清新，能闻见草的芳香。我不由得高兴起来，这的确比那条光秃秃的土路美多了。我开始和牵马人聊天。他从地上摘了一朵野花送给我，唱起了动听的情歌。从此，我喜欢上了康巴汉子，他们有最彪悍的体魄和最温柔的心。

我想起了巴郎山顶的修路人。在海拔四五千米的高山上，他们在那样危险艰苦的环境下开山筑路，住所就是在悬崖边搭起的简陋帐篷，而当我们的车经过他们面前时，他们却热情地伸出双手，掌心向上，欢笑着，以藏族的礼节向我们问好。在他们风吹日晒的脸庞上，我看见了从未见过的明朗和真诚，没有一丝苦难。我想起了在四姑娘山的高山牧场，几名年轻人半躺在山坡上，马儿在旁边甩着尾巴吃草，他们在一起说笑着，时而躺下仰望天空。看着他们，我突然意识到，原来生活可以这样悠闲。

那时我在一家中央新闻单位工作，工作没压力，但是用脑强度很大，节奏很快。更让我不安的是，周围都是聪明上进、受过很好教育、有远大理想的年轻人。每个人在做好眼前工作的同时，都在计划如何进一步发展自己。我也一样，习惯性地给自己提出更高的要求，像上紧的发条，一刻不停。那时是中国经济发展特别快的一段时期，社会的大环境也导致人们无法停歇。我的本性却向往宁静。

虽然二十几岁才皈依，但佛法的精神似乎与生俱来流淌在我的血液里。还很小的时候，我就常常思考生死的问题：人生短暂，尤其是青春的岁月一晃而过，可是无论如何精彩的人生最后都是一场空，人为什么而活着呢？从很早起，我就在做尝试。我主动地变换环境，体验各种生活。周围的人都以为我是不安分的，并用世俗的标准来衡量我的所作所为。对于大家的种种猜测和评论，我一笑置之，不做任何解释。除了我自己，没有人知道，我只是试图通过亲身体验去寻找生命的答案。

从小我便告诉自己，活着，就要快乐。但随着年龄的增长，我越来越发现，没有什么能够让我真正地快乐，我为此痛苦和茫然，找不到心灵的方向。世间的一切，无论是工作、金钱，还是爱，又或者是享乐、艺术，这些都不能带给我真正和彻底的快乐。人在变，事在变，即使周遭的环境不变，我们的心念也常常改变，曾经一心一意求取的东西，也会在突然之间失去对我的吸引。在外表上，我是一个很开朗的人，过着现代的都市生活，但在我的内心，却常常涌动着一种悲哀，那是一种看繁华落尽、曲终人散的悲哀。如果一切的欢乐都只是过眼云烟，如果美丽的青春如朝露转瞬即逝，那又何必拥有呢？

因为工作的关系，我每天接触的信息量相当大，几家国际大通讯社 24 小时地从世界各个角落发来消息。我也曾随着这些消息或惊喜、或悲伤、或兴奋、或紧张。但慢慢地，我越来越平静。这个地球上每一秒钟都有灾难发生，每一天都有企业宣布破产，而国与国之间，为了经济利益的政治游戏，为了政治目的的经济手段，不过都是一场戏，还有什么可津津乐道、捍卫争斗的呢？“休得争强来斗胜，百年浑是戏文场，顷刻一声锣鼓歇，不知何处是家乡。”

看看身边的人，中产阶级忙于房子、股票和孩子，富裕的人为了更大的利益，拖着疲惫的身体在觥筹交错中强颜欢笑，周旋于错综复杂的人际关系中，寻找一切可能的缝隙。人们想要获得幸福，却如同深陷泥潭，越挣扎陷得越深。现实的世界让我失望，这不是我要的生活，我的生命不应该如此度过。然而，到哪里去寻找我心中的快乐，不变的快乐呢？

世俗的观念和习俗像重重的枷锁，将我捆绑，我抗拒，我挣扎，但它们力量如此强大，排山倒海般袭来要将我吞没。我只能逃离……

2001 年，我远走他乡，试图在另一种社会背景中寻找生命的答案。我主动接触不同的人，探访不同的生活方式。很快我又发现，相当比例的人只会用酒精、毒品和性来填补内心的空虚和不安。无论是白种人、黄种人还是黑种人，没有一个人能够逃避生老病死的痛苦。不一样的面孔，不一样的语言，生活的实质却没有区别——我再一次失望。

我端起面前细长的酒杯饮了一口色彩绚烂的、带着一点甜味的鸡尾酒，点了一支烟，我只抽这个牌子的烟，很清淡，有薄荷的味道。在巴黎的日子总是这样悠闲，但我内心却隐隐地焦虑，什么都可以重来，唯有时光不倒流，年华不应该空过。但是，如果生命需要我放弃闲散，我首先需要一个可以让我为之奋斗的理由——我仍然在寻找我要的答案。

卢浮宫是我常去的一个地方，这座博物馆里陈列着 48 万多件艺术作品，其中宗教题材占了相当大的一部分。直到文艺复兴之前，欧洲的艺术都以宗教为主要内容。即使到现在，宗教也仍然影响着欧洲文化艺术的思想。一次，看着油画中美丽的女神和天使，我突然产生了一个念头："就连科技和文化如此发达的欧洲都这样尊重和重视宗教，我为什么不到我自己熟悉的佛教里去寻找答案呢？"

自幼，佛法便存在于我的生活中，虽然我的父母不是佛教徒。《红楼梦》是我看得最多的书，从几岁开始到二十多岁，常常拿在手边翻阅。而上小学时另一本看得最多的书，就是《佛教故事》。我有各种童话书，有《希腊神话》，有《天方夜谭》，而唯有这本《佛教故事》，看的遍数最多。中学毕业后，开始看禅宗的书，喜欢那些公案中的豁达和超脱。我也常常去寺庙，小时候随家人游玩，到了寺庙里便会拜佛，往功德箱里放一点钱，但从来不求什么。我还有一个小木鱼，总在家敲着玩，喜欢它清脆的声音。成年后，遇到心情不好时，也常去寺庙坐坐，在寺庙里总能觉得清静和安宁。

是啊，暮鼓晨钟里香烟袅袅，身为中国人，我们对这些都不陌生。然而，佛法中到底包含了哪些道理，反而不为人所知。我想起自己在很多年前请的一部经，上大学时去杭州灵隐寺游玩，经过流通处，看见有很多仿古籍装订的经书。《心经》，这个名字一下就吸引了我，我请了一本，迫不及待地翻开，却看不懂那些术语，什么是深般若波罗蜜多？什么是五蕴？我不知道"色不异空，空不异色"是什么含义，但我知道那一定是很深的道理。因为看不懂，这本经便被我束之高阁。

也许，我应该回去了，还可以去西藏看一看。不仅仅是因为刚才看过的电影唤醒了多年前的记忆，也不仅仅是因为这几个月我开始有了系统修习佛法的念头。实际上，一个星期以来，我都在试图让自己冷静，我很冲动地想回国。

一周前，很偶然的一天，我去"东方艺术博物馆"参观。这是一幢三层的房子，位于一个高档社区，曾经是私人住宅，因为主人酷爱东方艺术，所以将房子和收藏品捐赠出来做了博物馆。

刚进到房子里面，一种强烈的庄严肃穆的气氛就扑面而来。一楼的大厅里摆放着很多石刻的佛像，大大小小，姿态各异，这些都是法国人在殖民时期从越南、柬埔寨、缅甸等地带到欧洲的。尽管变换了时空，佛陀的神情却是一样庄严和安详，让我变得平静。二楼、三楼，有各种来自东方国家的艺术品，当时肃穆的气氛深深震撼了我。

有一个展厅陈列着西藏的文化和艺术作品。中间是一尊很大的双身佛像，神态庄严，线条优美，四周的墙壁上挂满了色彩鲜艳、栩栩如生的唐卡。我靠着佛像的基座，坐在地上哭泣了很长时间。一个声音在我的心里呼喊："我要回去。"

想到那天的情景，我终于克制不住自己，打电话订了一张巴黎到北京的单程机票。我仿佛失去了理智，那样渴望回到中国，亲近佛法。小时候看戏文，第一次读到"赤条条来去无牵挂"这句词时，便特别喜欢、羡慕这种来去自由，天马行空的随性。我对自己说，如果回到国内的环境，过得不开心的话，我就再回来。这一去，我没有回头。只是我当时没有想到，留住我的是雪域高原。

回国后，我立即去书店找有关的书籍。我买了两本书，一本是《佛教与中国文化》，另一本是《金刚经》的讲解。我把自己关在家里，专心阅读这两本书。那段时间，我仍然为找不到能令自己快乐的生活目标而痛苦，我甚至感到绝望。

"千江有水千江月"，无论我迷失在何方，佛陀慈悲的双眼从未离开。"十方如来，怜念众生，如母忆子。若子逃逝，虽忆何为？子若忆母，如母忆时，母子历生，不相违远。若众生心，忆佛念佛，现前当来，必定见佛。去佛不远，不假方便，自得心开。"逃逝的孩子终于走上了回家的路。

几个月后，我遇到希阿荣博上师。这天是藏历的正月十五，阳光灿烂。一位朋友说："我们今天给一位上师供斋，你来不来？"我欣然前往。在此之前，我不知道上师的名字，没有听说过喇荣五明佛学院。参加供斋的人很多，我坐在离上师很远的地方，心里只觉得欢喜。饭后，有师兄祈请上师传居士戒，我跟着去了。在传戒前，上师说，没有皈依的要先皈依。我很自然地点头表示愿意皈依，没有一点犹豫和考量，仿佛水到渠成。在那天，我发愿舍弃杀生、舍弃饮酒，随后又戒烟、吃素。

上师在北京停留的这些天，我去见过几次。有一次，是在上师下榻的酒店房间。满满一屋子的人，我在门边坐着，听上师和面前的居士说话。大家围坐在一起聆听上师开示，我感到一种前所未有的力量和鼓舞。这引发了我的好奇，成为我最初精进学佛的动力。我想知道，这种力量是什么。

上师返回成都的那个下午，我事先并不知道。我给朋友打了个电话，他告诉我，上师刚走。我于是急切地、一遍一遍地拨打上师的电话，等待上师乘坐的飞机落地。电话终于接通了，我脱口而出："师父，我去看您。"

三环边密密的高楼仿佛化成一座座青山，我的心已经去了远方。我决定用自己的眼睛亲自去了解佛教。我坚决地辞去了工作，因为我不知道这一次旅行会发生什么，需要多久。我一定要找到我想得到的答案。

这一路的颠簸和辛苦让我无法忍受，高原反应将我折磨得死去活来，简单粗糙的饮食起居让习惯了精致生活的我左右为难。但是，这一切，不正是修行吗？刚刚到达学院时，我坐在路边的饭店里，忽然看见一个高大的身影，头顶着经夹，从上方走下来往大经堂去。那不是上师吗？我惊喜地冲出去，去找上师。

在喇荣，我亲自感受到了上师们对弟子无私的关爱，道友间真诚的相互帮助，更被法会期间大经堂里坐满出家众的场景而震撼。原来，在这个世界上，还有这么多这样的人，过着这样的生活，他们自愿选择艰苦的环境，内心却无比喜悦。我看到了世俗间找不到的圣洁和自在。我似乎有了归属感。

外面下着雨，我在一位堪布的小屋里，接受灌顶。堪布手持水晶柱，说："我们的心，就像这水晶一样，清澈透明。"我泪流满面。我终于找到了我要的答案，我终于知道这么多年的挣扎没有白费，我向往的纯净和快乐可以实现。凡·高说，**终其一生，我们都要护持自己心的纯净。**

从东方到西方，又从西方到东方，我在苦苦寻觅心灵栖息的地方。我终于找到了它。过去的种种困惑都得到了圆满的答案，我开始懂得珍惜自己所拥有的一切。年复一年，我往返于川藏路上，越来越欢喜。

一年夏天，为了安排假期进藏，我忙得昏天黑地，赶着完成工作。夜深了，我走出写字楼，看见路边还有很多人匆忙而过。我不禁对他们生起了深深的怜悯，我这样忙，终有一个快乐的去处，而他们呢？

希阿才措

2007 年 6 月

第三章　安乐之源

当你放下成见、伪装和算计，不再牵挂、焦虑和希求，你的心才真正敞开。只有到这时，你才有可能去接收上师一直在试图传递给你的信息。

——希阿荣博堪布

戒烟

还是上大学的时候，有个冬天的周日，晚上快10点了，我顶着噎人的冷风跑回宿舍。屋里没人，突然的明亮、温暖、安静使我愣在椅子上30秒。摸烟，只剩最后一根了。

没关系，一会儿人回来，就有烟了。

宿舍里住6个人，按出生年月日排序我是老大，其实都差不了几个月。我们6个都抽烟，都侃大山，都不知道自己是谁，也不管别人是谁，每天凑在宿舍里一起抽烟、侃大山。

我把最后一根烟放在上唇与鼻孔之间，深吸一口气，然后慢慢捋一捋、磕一磕……

“哐当”，门被重重地撞开，老四冲了进来。

“你能不能轻点儿。”我点着的火机停在半路。

“给根儿烟抽。”老四看着我手里的火，盯着我嘴里的烟。

“就一根儿了……”

“那怎么办？”

“你说怎么办？”

……

“一人一口呗。”

我点着烟，抽了一口。味儿没有我期待的那么香。递给老四，老四抽了一口，递给我……

“小点儿口。”

“我没大口。”

“我没说你大口，就说小点儿口。”

……

“别说了，最后一口了，烧手了。”

我俩互相看着。没劲，真没劲。

“你说这烟算是个什么东西？！”

“还敢在咱俩中间瞎鼓捣。”

“找死呢。”

“戒了吧。”

“戒。”

我俩互相看着，好像这事没完。

“就这么戒了？”

“我也觉得太便宜它了。”

“咱得出去买烟。”

“买回来烧了它！”

我俩互相看着，非常坚定。

20世纪80年代的冬天，一个周日的晚上10点，两个人一起回到寒冷的风里，大踏步走出校门，一起停下脚步，互相看了一眼……

这时候买烟坐车就别想了，快走也要40分钟，加上买烟，差不多两钟头。三更半夜，天寒地冻，北风呼啸。两个人都没有从对方眼中看到退缩。那就走吧。

走在寂静的马路中间，不冷，不想烟，懒得说话，听着摇摆的路灯在风中吱吱呻吟……

以前只有情绪极度低落时才会听到路灯的呻吟，可今天不一样，情绪很中性，或者说没情绪，只有一个简单的目标：我们被一根烟侮辱了，我们要走很远的路去买烟，然后再走回来，把烟烧了，再和烟一刀两断。

又走在了马路上，胳膊下面夹着一条“长乐”，感觉挺好。以前没试过，这是我第一次成条买烟。我把“长乐”递给老四，他边走边把“长乐”夹在腋下，啥也没说，过了一会又把“长乐”递给我……不冷、不想抽烟、不想说话。

我俩认真地把几块破砖码成炉灶状，再往上架树枝……树枝摆好了，老四拿着“长乐”牌香烟两头往膝盖上一磕，“啪”的一声，一条烟断成两截，太提气了，整个仪式好像都上了档次。我们把烟盒顺手撇在一边，再拿一盒，再撕，想着，以前真是给你们脸了，拿都要轻轻地拿，再仔细地撕出一个小口子，然后抽出一根，最后小心地把小口按上，现在想着都恶心，呸！你们也有今天！

烟盒纸在树枝下被点燃后，把烟一根根放在火上，烟火升腾。

老四表情严肃，睁着一只眼烧烟，闭着一只眼像是在许愿，于是我觉得在这庄严的时刻我也应该想点什么：野火烧不尽，无聊……

头两天，烟真的没敢招我。看着别人抽烟就好比吃饱喝足了看见别人蹲在树下吃烙饼摊鸡蛋，没感觉。第四天上午 10 点，课间，老四坐在主楼前的台阶上，就着冬日温暖的阳光慢慢地抽烟。我朝他走过去，他眯眼看着我：

“抽根儿吗？”

“有。”我掏出烟，把烟点上了。

我第一次，也是最热闹的一次戒烟行动，就这样收场了。

20 年后的一天，我坐在办公室的沙发里，总感觉像有什么事儿要发生。什么事儿呢？没事儿呀，没事儿为什么心慌呢？如此这般地想了半年，啥事儿没有，就是心慌。

一天，一个刚退休的老同志路过来看我，顺便喝口水吃点药。

“怎么了您？”我关心地问。

“心慌。抽你根儿烟。”老同志说。

“那什么…”我“腾”地站起来，“您刚才吃那药，给我两片成吗？我也心慌。”

“我是冠心病。你捣什么乱呐，一根烟还换我两片药。”

我接过药扔嘴里，水都没喝就吞了下去。

老同志走了，我心里才踏实。外边什么事儿也没有，里边有事儿了，是心脏有事儿了。

从此，兜里就多了一盒药。

5 年后的一天，我吃了药，起床后，嘴里又臭又涩，舌苔是厚厚的黑色。看来，烟是不能再抽了，再抽就是玩儿命了。

但这样的日子只能维持两三周，最多不超过一个月，便准能碰上一事儿。

最后一次戒烟，是因为我有求于人。

当我向希阿荣博大堪布的弟子提出想见他们上师的时候，他们却提出让我先戒烟。

第一次去见上师，既兴奋又忐忑。

上师问我："弟子，你读《金刚经》吗？"

我说："师父，我特别喜欢《金刚经》，读得特别熟。"

上师笑着说："太好了……"

我欢喜得差点笑出声。忽然，上师的声音停了，看着我说："你抽烟吗？"

上师平和的声音着实吓了我一跳："您怎么知道我还没戒烟呀？！"

"偶尔抽，师父。"也不知道这么说罪过是否会轻些。

"抽烟不好。"上师的目光还在我的脸上，声音很低，低得像在自言自语。

"是。师父。"我深深地把头低下去……一切都不存在了，只觉得上师在看着我。

我依旧在抽与不抽的轮回中翻滚。

有一次上师问我："你朋友中抽烟的多吗？"上师问完后只是盯着我，好像并不等我回答。我怎么回答的、有没有回答已没有印象，只留下了一点慌乱和恐惧的记忆。

春节，上师和我们在一起了，这似乎注定了这次春节不寻常。在阖家团聚中，我顺利做到了不抽烟。在电话中我大声祈请：

“师父，我去看看您，行吗？”

“可以呀，弟子，你来吧。”

上师的声音太亲切了。

城市里少有的阳光，到处透亮。我上了路。车少，干净。天干净，地干净，路干净，心里也干净。车有点脏，把车洗洗就好了。春节，洗车可不易，猛然发现了路边为洗车而排的长队，太巧了，想什么有什么。我立刻排了上去。水雾夹着灰尘在四周弥漫，又冷又脏，还是回车里等吧。

洗车小伙子叼着烟过来敲窗：

“把反光镜收起来。”说完转身就走。

我突然叫住他：

“小伙子，给根儿烟抽？”

声音太大，把他吓了一跳，他猛一转身，看着我愣了一下，掏了一根给我。

深吸一口，一阵眩晕……

终于到约定地点，我靠窗坐了下来，看着窗外锃亮的车，想品味一下放松的感觉……可是不对了。说不清哪儿不对，是哪儿都不对，除了车干净了，好像哪儿都不干净……

这时，上师出现在楼梯口，我赶紧站起来。上师看到我，快步过来抱住我，上师的手用力拍在我的背上：

“弟子，你来了很长时间了吧？你什么时候到的？”

“我刚到，师父。”巨大的欢欣快感包围着我，我想要留住这一刻。

“我现在去散步，你一起去吗？”上师说。

“好啊，师父。”我说。

“你的车在哪里？”上师说。

“在门口，师父。”我说。

“我坐你的车。跟着那辆车走。”上师指着前面黑色的车。我完全傻了，扶完上师上车后，坐回上师旁边。车动了，我紧紧地盯着前车。无数的念头包围着我，我坚决地屏蔽掉，此刻，前车是我的全部。

“你车里有烟味儿。”

像梦中的惊雷炸了，上师的声音在我的脑子里嗡嗡直响。

“这……怎么……”

回过神来的时候，下意识地打开烟灰缸，想干什么？想让上师看车里的烟灰缸里没烟头。当然没烟头，刚洗完的车。眼睛更紧地盯着前车但屏蔽失效了，劲儿大的念头率先挤了进来：四门大开里外擦了半天怎么还有味儿呀？谁在我车里抽烟了，中午谁开我车了，怎么说呀？告诉上师我没抽烟，不是我抽的烟，我来看上师，目的就是想让上师知道整个春节我都没抽烟。烟当然是我抽的，死皮赖脸地跟陌生人蹭烟抽，把自己抽得五迷三道……

我一通瞎折腾，什么也没敢说。

上师坐在那儿一动不动，一声不吭。

真空般的寂静，真有点难受。

“开点窗吧，师父。”我小心翼翼地说。

“好。”上师说。

我打开前排两侧的车窗，冷空气涌了进来，清新，凛冽，真舒服。接下来就是寒冷，越来越冷，我有点害怕。

“关上窗吧，师父。太冷了。”

“好。”上师说。

我关上车窗。

公园到了。

车刚停稳，上师迅速下车走向公园入口处的草坪。草坪上众弟子或坐或站，尽显各自的快乐与自在，上师的阿妈、姐姐、外甥女也来了。

上师大踏步地向前走，弟子们紧紧跟随。我因为车上的事，惶惶然跟在最后。

我想：要是车里没烟味儿，这一切该多么圆满。

上师突然放慢脚步转身张望，目光越过几个师兄，停在我脸上：

“弟子，我是不是走得太快了。”上师一边笑一边眨了眨眼睛。

“不快，师父。”我快步跑上去，想说谢谢师父，上师已大步走到前面去了。

我整个人轻松起来，才知刚才压力太大。

散步结束，师兄们和上师道了别。上师朝我的车走来，我又紧张起来：“师父您别坐我车了，您坐翁师兄的车吧，他车好，又干净。”翁师兄好像听到了我的祈祷一路小跑，上前叫住上师：

“师父，您坐我的车吧，阿妈她们坐这辆车。”

“不行，这辆车，烟味儿很大。”师父继续走向我的车。

时空真的停止了。所有的眼睛都在看我，我也懵然不知是走还是停，我想说对不起却没说口出来。身边一个师兄冲我笑，她的笑声打开了时空，惊醒了我。像是在末日里看到了希望，我不顾一切地追向上师。走到翁师兄身边，我没敢停还加了速，而一句语速极快的话还是追上了我：

“你不是戒烟了吗？”

我落荒而逃般滚上了车，在众人注视下上路了。在路上我才发现看不到来时的黑色车，怎么走好呢？

“前边左转，然后掉头。”上师坐在身旁，平静地为我指路。

过了一会儿，上师说：“开点窗吧。”

“好，师父。”心想：对不起，我以为车里没烟味儿了。

我赶紧把前排左右窗各升到三分之一，这时太阳正在落山，温度降得很快，进来的风又冷又硬。我想把上师那边车窗关小些，车窗没动，再扣一下，还是不动。按一下，开得更大，再扣，不动。完了，窗户坏了。我关上我这边车窗，又去关那边，没反应。我又打开我这边车窗……

“你在干什么？”上师扭头看我。

“师父，您那边的窗户坏了，关不上了。”我已经崩溃了，带出了哭腔。

“别管它，马上就到了。”上师端坐着，一动不动。

和上师说了再见，我回到冰冷的车里，把车开到一条熟悉的小路边停下来，呆呆地坐着，不想走，也不想干什么。这儿是我几次停车抽烟的地方，可现在我不想抽烟，不是想抽而不抽，是根本就没有想抽的念头。过了一会儿，我竟然忘了为什么把车停在这儿。我接着开车上了主路，一阵燥热，我顺手把暖风关了。猛然间，又想起了什么，转头看了一眼。不会吧！再看一眼，是真的：窗户竟然关得好好的。

什么时候关的？不是坏了吗。我清晰地记得刚才停车时窗户是开着的，还想过抽时间去修。我试了两次，一上一下，玻璃都稳稳地滚动，什么问题也没有。

“咔嚓”一声巨响，雷电又一次击中了我，我突然变得像换了个人似的清醒：车窗根本就没坏！是上师在阻止我关窗子！上师宁愿忍受刺骨的寒风，也不愿闻那罪恶的烟味儿！可上师最终选择了坐我的车……

以后，上师再也没有问过我抽烟的事。

近期有缘在网上看到文章《烟酒杀生过》。该文对吸烟等过患，以佛经论典中的教义为依据，做了扼要叙述。其主要过患是严重障碍我们解脱。《金色律藏》中云：“末法浊世之毒物，出现十八种烟草，凡接触者转地狱，后世不生悦意境。”里面还附了大量教证，我闻之如五雷轰顶……

才让索南

2012 年 10 月

无始以来，我们所追求的都是过得更好更快乐，更有安全感，然而，这种追求至今仍没有结果……是时候停下来重新思考了。如果不纠正两个错误，我们很难得到真正持久的安乐，一个是在缺憾中寻求完美，另一个是只想自己快乐。

——希阿荣博堪布

皈依

坐在阳台的茶椅上，临窗远眺，墨绿的西山隔着夕阳静静地躺在那，仿佛为喧闹一天的城市画上了休止符。沏上一杯白茶，看着水中早已死掉枯萎的叶子重新展开，亮亮的绿，淡淡的香，仿佛在让你品味它的过去，山、阳光、雨露……一个快乐的记忆被唤起："崂绿！"透过在水中舞动着下降的叶子，手中的杯，变成了搪瓷碗，山渐渐揽到了我的眼下，满坡的经幡映着一张张快乐的脸，人们正争相传颂着"崂绿"——其实那只是一种出身极普通的崂山茶。不论我怎样提醒身边的人及我自己，还是没有人能抗拒其诱人的芬芳，只因为那是扎西持林的甘泉！

在军队大院长大的我，从小就是孩子头，尤其喜欢打架（曾被我定义为“男孩子的身体语言”），幸而每届班主任都觉得这小孩本质还不错，才没被送到工读学校或是劳教所之类的地方。记得小学到大学成绩总是前几名，再加上从不与本年级的同学发生冲突，所以对老师总算有个交代。研究生毕业，分到一个研究所，两年后就有了两项专利。当时业内许多企业争相投资我，在国企做了两年经理，因习性中固有的傲慢我执，我没有处理好与这些国企大股东的关系，1993 年我下海了（那年 30 岁）。

到了 2003 年，公司已有逾十亿元年产值，一千多名员工，并拥有了自己的研发团队。可是这十年来我从没有过一丝的满足与快乐，我的心永远在焦虑与对下一个计划的期待之中。为了客户关系，大多数的夜晚都是在灯红酒绿中度过的，昏痛的头与失眠只有靠每周几次的足底按摩甚至中医来调节。偶尔静下来时想想自己的人生目的，甚至做企业的目的，真是很茫然，天天在追逐着潮流，又不知哪一天会被潮流抛弃。常常暗暗鼓励自己，退休以后也许可以去大学做客座教授，也许可以捐助希望小学……

就在这一年 10 月的一天，我的一位好友约我一起吃晚饭，这期间他告诉我一直在学佛并已皈依，法名叫雄秋扎西，同时问我对佛教的看法。我说自己实在一点儿也不了解，只是 1993 年有一次有位大和尚与我聊了大约一小时，记得这位大和尚告诉我佛教是讲因果的，我们眼中看到的社会乱象，是我们缺乏信仰而人心混乱造成的。这十几年物质繁荣的表象下是中华文化、伦理的衰败。这番话当时给了我很大的震撼，因那时全国上下皆是一片拜金的海洋。十年过去了，看来他之前的那些话是很有道理的。

雄秋扎西接着告诉我，他已学佛五六年了，但一直没觉得自己有多少进步，自他接触了藏传佛教后，觉得更纯粹，他拜了一位年轻的藏族堪布为自己的心灵导师。这时我注意到，他两眼放光，如发现宝藏般叙述着:“这位堪布虽然不太懂汉语，但是一位真正的修行人，你只要看着他那婴儿般的双眼就会被净化，年纪虽然与我们相仿，可在康巴地区已是著名的大堪布（类似佛学大教授）了。”他又说道：“我们汉族人很仰慕活佛之类的头衔，很钟情神通，但在西藏，人们在意的是你是否真正具有智慧，是否能给大家带来佛法，帮助人们的身心获得真正的自由与快乐。”看我听得入神，他就问我，他的导师过两天来北京，是否想见见，我说好啊！

3 天后雄秋扎西如约带着我来到一座大厦，敲门进入一间套房，为我们开门的是位系着领带、身着西服的年轻人，他没脱风衣，手上还捧着一大盒比萨，与雄秋扎西打完招呼后就独自在客厅的地板上跪着。我们则来到了里间的卧房，只见一位高大、身着鲜艳红黄僧衣的出家人坐在沙发上，慈祥地招呼我们坐在他身边。当雄秋扎西虔诚地问候时我细细地端详着这位堪布：宽厚的肩，高高的额，非常挺直的鼻梁，饱满的下颚微微有点前翘，尤其是那双清纯而又幽深的眼睛，再加上特有的古铜色的脸庞，整个人慈祥、诚恳而又高贵、威严！这时堪布微笑着对我说:“我的弟了说你们是最好的朋友，说你非常喜欢思考，想与我聊聊，我的普通话不太会讲，你有什么想法，我们可以试着谈谈？”我蒙了好一会儿才将被摄受的心收回。

虽然读了 20 年的书，我所了解的佛教却仅限于寺庙中的敬香与祈福，于是我问道:“大师，我听说佛教讲因果而且教人向善，可是为什么佛教盛行的地方很落后，人们也较贫穷，而现代工业科学兴盛的地方却很发达，人们生活得也很富足？”希阿荣博堪布看了我片刻笑着说道:“是这样的，我们学佛的人所讲的发达与你所讲的发达不大一样，你们认为要有高楼大厦飞机才是发达，而我们学佛的人认为有了这些只是比较方便，我们认为社会没有犯罪，众生平等，人们生活快乐，没有了烦恼才是发达。至于你说的生活得穷还是富，我家乡的大多数人家是够生活就可以了，他们生活得比较简单、快乐，干活的时候他们有的还会跳舞。至于特别穷的，原因比较复杂，不学佛的地方可能也有，我们学佛的人讲因果，这个因比较复杂，我的普通话可能讲得不大好。”希阿荣博堪布以一段清朗的笑声清除了我们之间的语言障碍。不知是因为堪布简练的答案还是那犹如天阙中飘来的笑声，我的很多问题都一扫而空，仿佛这些年的迷茫与徘徊也隐隐有了答案，流连商业战场十余年的“我”被强烈地威慑着，但依然不肯就范，搜肠刮肚找到了一个自认为可以保护“我”的问题，接着问道：“大师，佛教鼓励大家出家，如果我们大家都出家，如果男不耕、女不织，我们的社会如何发展，人类又如何繁衍？”听我提出这样荒谬甚至不礼貌的问题，坐在一旁的好友雄秋扎西连忙插话道：“师父，您别在意，他不懂佛法，乱讲的！”

希阿荣博堪布微笑道：“弟子，没关系的！”接着对我说：“你所假设的所有人都出家是不可能的，你没学过佛法，不知道出家人的真正含义。佛法讲因果，你这一世做男人还是做女人，甚至是出家修行都是有因缘的，不是假想就可以的，如果可以像你这样假设，那么假如男人都变成女人，社会又会怎么样呢？”

我马上答道：“可是男人生下来以后变不成女人，却可以出家啊！”

堪布答道：“出家并不是每个普通人都做得到的。你现在不了解佛法，不懂得出家人的发心、出家人要守的戒律，可能以为住在寺庙里穿着僧衣就是出家，如果是这样的话，男人装成女人也是很容易的事。如果你看一些佛教的书，或者我的普通话能更好一点，这个问题就不难了！哈哈哈哈哈……”

堪布又以一串天阙中飘来的清泉般的笑声替代了语言上的问

答。虽然堪布的意思我还没有完全听懂，但我的心好像被水洗过一般清透。告别的时候，堪布特别对我说："今天很开心，我特别喜欢问问题的人，希望你回去可以学学佛法，我自己再把汉话学好一些，下次来的时候我们再好好谈！"我还没开口问看什么书好，堪布已对雄秋扎西说道："可能《西藏生死书》比较适合他。"送我们出客厅时，堪布问跪在地板上的那位英俊的年轻人："你在干什么？"那位年轻人答道："师父，我担心您晚饭没吃饱，给您送一块比萨……"下了电梯，雄秋扎西告诉我："刚才在外面等我师父那人是位大律师，对希阿荣博师父的信心非常大。"

这时，那位律师已下楼来了，与我们轻轻点了下头就径自走了。我下意识地看了下表，这位大律师在外面跪坐了四十分钟以上，与堪布交谈的时间可能没超过两三分钟。望着他的背影，想着刚才自己的无知与轻狂，一丝不安从心头掠过。

当晚我可能睡了十年来最好的一觉。

一个多月后我收到了一本索甲仁波切的《西藏生死书》。做企业这十几年，除了经管方面的著作，心浮气躁的我是不读比杂志厚的书的，就是喜欢的书也只有在飞机上或卫生间里才读得进去。完全是因为对那位堪布的好奇，一天晚上我随手打开了这本关于西藏人生死观的书。虽然我记不住里面的人名，有些关于中阴的内容我读着还很陌生，但是读着读着我突然发现这绝不仅是一本描述西藏人与死亡的书，而是一部关于生命、关于心的书。一位智者通过对生死全过程的剖析在向我们深刻阐述习与性的分别，描绘在生命的长河中我们当下所处的人生位置，指导我们在今天纷乱的工业丛林中如何把心带回家……犹如在荒漠中见到甘泉，我的汗毛孔完全绽开，心跳也在加速。

合上书，那晚希阿荣博堪布"我们学佛人所说的发达，是指一个众生平等，社会没有犯罪，人们没有烦恼的世界”那段话以及他那独有的天阙中的笑声在我心中回荡，我开始向往那个发达的世界。

2004 年 3 月的一天，雄秋扎西告诉我堪布又来了，问我是否愿皈依？我没有任何犹豫就答应了。当天晚上 8 点多，还是在那座大厦，我又见到了希阿荣博堪布，这时堪布并没有对我说什么客套话，却直接问我：“你为什么要皈依？”我懵了一下答道：“我认为佛法是一种广大的智慧，而您就是这个智慧的人，我想跟您学习这种智慧……”为我授了皈依戒后，堪布发了一张早已为我准备好的皈依证，看到师父为我起的法名“丹增益西”（守持智慧），不禁十分惊讶，难道佛一直在等待着我的归来？临别时，希阿荣博师父送我了一本《金刚经》、一本《普贤上师言教》，吩咐我有空多看看。

回到家中，我翻开《金刚经》，尽管意思完全不懂，但不知为什么越读越喜欢。那一夜我做了一个非常清晰快乐的梦，梦中我这一世所有的好朋友在一起欢聚，那种祥和与欢乐是我 40 年的人生所不曾经历过的。

丹增益西

2008 年 1 月

上师在世间停留不是因为留恋，他是不忍离去，想着要帮助我们了悟：我们的心和他的心一样其实已经在光明中。当我们逐渐敞开心扉，学会恭敬而亲密地对待周围的一切，与己、与人、与世界不再频发冲突时，我们会明白：这份单纯和坦白是上师手把手教会我们的。

——希阿荣博堪布

水投涧无声

1998年下半年的一天，朋友说她要去拜见她的上师，并且神秘又自豪地将上师的功德一一道来。我带着强烈的好奇心随朋友来到成都将军街一位居士的家里。当我们走进房间时，里面坐满了人，我在最后一排坐了下来。这时，我才看清了坐在床上的希阿荣博堪布。他很年轻，端正的脸上有着孩子般纯真的神态，他很腼腆地笑着。他的普通话说得并不太好，却很和蔼地与人们交谈着，不时发出朗朗的笑声。他的举动如磁铁般牢牢吸引着我。我对他生起了从未有过的信心，他是那么纯真清净，没有一点世俗的痕迹，刹那间我觉得自己似乎找到了心灵的依托。

随着堪布的一句话："要皈依的人往前来，其他人往后坐。"一屋子的人居然没有往后坐的，当然我还是最后一排的最后一个，可我并没有再往后坐的打算。因为一个强烈的愿望在我心里生起——我要皈依他。上师的表情变得严肃起来，用他并不太标准的普通话完成了我们的皈依仪式。“成利卓玛——利益度母”，上师将我的皈依证递给了我，我小心地接过了我的皈依证，正式成为三宝弟子。

希阿荣博上师慈悲、睿智、幽默。作为弟子，我们身上都有往昔所带来的串习，而上师总是以一种幽默的方式来调伏弟子们的习性。

在公司里，我将上师的法相供在我办公室的柜子上，许多来办事的人，在看到上师的照片时总是说：“你和你师父长得很像啊！”听得多了，我自己也当真了，在和上师通电话时很是得意地说：“师父，我同事说我长得很像你啊。”“哈哈，真的吗？你有这么漂亮吗？”虽然是上师开玩笑的一句话，却让我惭愧得无地自容。是啊，恭维的话谁都爱听，可这些话往往会让人迷失本性，上师用他幽默的话语让我清醒地意识到了这点。

记得一次在与希阿荣博上师通话时谈到了一个话题，上师说我们不应该对我们的身体太贪著，因为它本身只是由三十六种不净物组成的，没什么可值得我们贪恋的，若对自己太执着，我们便无法获得解脱。而我却认为贪恋身体是爱惜自己的一种表现，不看书的我当然理解不了上师的深层含意。上师说：“你能看到的皮肤下面只是血和肉，如果没有皮肤你还会贪恋这样的身体吗？”我当下无话可说，可又觉得应该给自己找个台阶，于是就说：“师父啊，我们只要爱惜自己就不会看到那么恶心的血和肉了啊。”当时上师没再说什么，只是嘱咐我有空一定要多看书。一放下电话，我便去厨房准备中午饭，当我在切西红柿时竟将自己的手指切破了，一小块肉几乎被切下来，血流如注。我看到了自己的血和肉，我有晕血症，看到血就会恶心和眩晕。这时我想起上师刚才说过的话，而我自己也真正体会到了无论我们对自己多么执着，世事终归是无常的。真是“血”的教训！

在扎西持林，由于高原的紫外线太强，而我的皮肤在太阳下晒久了就会过敏，所以自到达的那天开始我便戴着顶打高尔夫球用的帽子，宽大的帽檐四周都有遮光布围着。每天只要我外出就一定戴着这顶帽子。一天去札熙寺，车到寺庙门口时下起了大雨，我打开车门便低头往寺庙里冲……没想到刚跑几步便一头撞在了寺庙外斜放的木桩子上，脸上破皮了，而且立刻红肿了起来。当我随着大伙往经堂走时，正在和喇嘛们谈话的上师看到我受伤的脸关心地问：“怎么了？”我说：“没什么，刚才不小心撞了一下。”上师看了我一眼语调轻松地说：“没关系，非常吉祥！”回到扎西持林，上师的母亲看到我脸上的伤，关心地询问，我说了事情经过，老人轻声幽默地说：“札熙寺加持。”一句话让我顿时明白了，我太执着我的肉身、我的脸了，所以在札熙寺得到加持后，我得以破除我执。这次经历让我明白：我越执着什么，就越会失去什么。那次撞过留下的疤痕至今还没有完全褪去。

2004年年底，我参加了在成都的护生。那天，上师在各地的很多弟子都赶到成都，随上师来到收购牦牛的地点。三辆卡车上装满了准备运往高原放生的牦牛。大家都忙碌起来，有的给护生的牦牛搬草，那是它们路上的干粮；有的给牦牛角上绕彩带，表示它们重获自由。就在大家忙碌的时候，忽见上师身边的侍者上了车，将一头小牦牛拉了下来，牵到路边的小树下，让它匍匐在地上。我忙上前打听，才知道这头小牦牛断了一条腿，上师知道这一情况后，怕它在长途颠簸中被其他牛踩死，忙让侍者将它牵下来。上师把小牦牛托付给当地的一户农民并留下饲养小牦牛的费用。安顿好小牦牛后，上师带着侍者和僧人围在小牦牛的四周开始诵经。这时蹲在小牦牛边上的一位北京弟子站起来离开，我看到她泪流满面。我好奇地绕到小牦牛的前面，低头一看，赫然看到它双眼里不停地流出豆大的泪滴，在场的许多弟子都目睹了这一切。上师诵经的声音萦绕在耳边，那震撼的场面令我至今难忘。在上师的眼里，众生都是平等的。

依止希阿荣博上师至今已经八年，看到自己八年来的转变，我深深体会到上师三宝的慈悲与加持。昔日有人问古德赵州禅师："如何为学人师？"这位古德答道："云出山有势，水投涧无声。"而我的上师一直是这样，无论弟子遇到任何的困难、痛苦与障碍，他都能够感同身受地陪伴他们，帮助他们。我相信我的上师是佛菩萨的化身，在俗世中度化众生。作为他的弟子，我感到自己是幸运的，我遇到的是真正诸相具足的上师。

成利卓玛

2006 年 10 月

每个人都能或多或少地利益到其他的生命，帮助众生不一定需要很多的外在条件，更多是需要一颗利益众生的心。有了这种心，便会在不同情况下随顺因缘利益众生。虽然众生多如恒河沙，我们能救护的只是其中很小的一部分，但是仍然要坚持放生，哪怕只能帮助一个生命减少痛苦，我们的努力都不会白费，都有意义。

——希阿荣博堪布

恭敬地仰望

一位先哲说过，慈悲与爱不是心灵的事。只有当心灵不再期盼、占有、嫉妒和焦虑时，只有当心灵不再投射自我，不再追寻它独特的感觉、要求、冲动，也不再寻求自我实现时，才是真正的爱；只有当心灵真正地沉静下来时，真正思忖于他人做一些完全无动机的事情时，才是真正的慈悲。

2006 年 12 月初，成都。放生的前一个晚上，希阿荣博上师因为重感冒一夜未眠，第二天早上起床以后，看起来一脸憔悴。有的弟子顾及上师的身体，劝说上师留在家里，但是慈悲的上师全然不顾身体的严重不适，依旧很早就带着我们到达郊区的牛羊交易市场。踏进市场的刹那，我有一点不知所措——那是怎样的一个场面啊！几辆卡车里装满了从外地运来的牛和羊，几十只挤在一辆车里，没有一点空隙，长途的颠簸加上没有足够的水和食物，它们像极了脏乎乎的小饿鬼。就在这个交易市场，它们即将被贩运到屠宰场。大概是感知到了自己即将面临的厄运，它们的眼神传递着恐惧与哀伤。一些在场的女居士无不悲从中来，走到汽车旁边轻轻地安抚它们。我始终相信动物们拥有远超过我们的第六感，它们对于死亡感知的程度远远灵敏过人类。几年前，我在山东某地农村亲眼见过这样的场景：一户农家约了杀猪的屠夫来他们家，当那屠夫行走至离农家还有差不多几百米距离的时候，停下来与一熟人聊家常，这时那头即将被宰杀的猪在猪圈里疯了一样地跑动。主人说它是嗅到了屠夫的味道。很奇怪，一头猪怎么会有这种先知先觉的能力？谁也解释不了，但是它就是有。

上师来到市场后，马上费力地爬上汽车，穿梭在这些牛羊中间，无限慈爱地在它们的角上系上手中的红丝带。这样，这个生命就永远地逃离了被宰杀的厄运，相续中种下了解脱的种子。成都的冬天是阴冷阴冷的，我的心却在瞬间被温暖充盈。仪式结束后，一辆辆带着它们重新回到草原的卡车缓缓从我们面前驶过，向大门外开去。我惊奇地发现，很多牛羊都抬起了脑袋，它们用俏皮而可爱的表情看着我们，像是在与我们作别，完全不同于我们刚刚进来时所看到的场面；再转过头凝望上师，他无限疲惫的脸上带着欣慰与满足。那一刻，我坚信上师是佛的化现，向我们示现达观、超然、慈悲与完美。突然我想起《普贤菩萨行愿品》中的几句经文："众生至爱者身命，诸佛至爱者众生，能救众生身命，则能成就诸佛心愿。"

由于忙碌了一个上午，上师回到家后，身体的不适更为严重，最终累倒在床上，以至于已经无法再为人们进行事前承诺的皈依仪式。上师的状况让我们这些围在身边的弟子好不心疼。上师不想让我们为他担心，反倒安慰起我们来，并嘱咐我随便替他找些药来。我不禁心头一酸：这样一位为了众多法界有情而忙碌奔走的上师，这样一位为了能使无量众生获得解脱而不辞辛劳的上师，在面对自己时，却是如此简单而毫不在意。

2007 年 1 月，在深圳，希阿荣博上师为期一个月的南方之行开始了。这 30 天的时间里，上师马不停蹄地在不同的城市之间穿梭，所到之处均进行了不止一次的大规模的放生活动，据说放生的数量超过了几百万。上师不停地放生、传法，传法、放生，给所停留的城市广种福田，也使这些地方的人们获得了无量的福报。当然，这些地方的居士们也对上师深深地留恋与不舍。

在上师驻锡深圳的时间里，我可以经常拜见上师并跟随上师参加了其中的两次放生。

那一天在笼子里等待放生的鸟儿那洋溢着欢喜的叽叽喳喳的叫声依旧回响在耳边，上师因为找到一个很理想的放生场所而满足欣慰的笑容依旧深深印在脑海里，放生现场那轮横跨在大地的七色彩虹至今犹在眼前。还有，上师在为那些在长途跋涉的过程中死去的小生命进行超度时那肃穆的哀伤，是如此如此震撼我的内心。上师以其所作所为为我与众生搭建了深刻的连接感，告诉我何为众生一家！他使我突然发现，其实在我的心中还有这样柔软的地带——与生俱来的爱与关怀的能力。

什么是爱？怎样去爱？十个人可能会给予十种不同的回答，但是真正打动我心灵并引起深深共鸣的，是上师身体力行做出的诠释。

我与另一位师兄参加了上师南行过程中的两次护生，于是我知道希阿荣博上师把南方之行收到的供养几乎全部用来放生了。上师的一位侍者告诉我，上师把钱花在放生上面是最开心最开心最开心的！他用了三个“最开心”强调上师的心理状态。当时我半天没有接上话，脑子里想的是上师曾经说有一天他如果不在了，看看身后还有什么值钱的东西，都变卖了用作放生；想起他一遍又一遍告诫身边的人，一定要懂得节约，居士们供养的钱财一定不允许大手大脚，我们替佛菩萨收下这些供养，只能花在有意义的地方；想起他经常在简陋的小饭馆里，用一碗面条填填肚子。希阿荣博上师把收到的供养用来放生，造佛像，修塔子，建养老院，帮助有困难的弟子。他千方百计恩泽众生，自己的生活水平却维持在极低的标准。侍者还说，有一次在成都放生的时候死了一只羊，上师看着那只羊哭得特别伤心，侍者说他自己没有哭出来，但是看见上师哭成那个样子，在场的人无不为上师的慈悲而动容。

每一次向上师请教一些修持方面的问题时，上师都反复向我强调发心的重要性：一定要思维自己是为了一切有情众生。发愿成就自身以便成就他人，**无论哪一种行为、言语或者想法，都要为一切众生的福祉着想，当真正升起这种利他的心愿时，菩提心便会毫不费力地出现；当这样的心愿逐渐坚定之后，便会具足修行所有道乘的基础。**

虽然我的生存空间有限，我经历的时间有限，但是我相信爱的广度无限，心灵的维度无限。没有需要对抗的敌人，也没有需要执着的朋友，每一个众生都需要我以相同的爱和慈悲来对待。我坚信，在实修佛法的过程中，如若我的生命因发起真正的菩提心和悲心而成就质的转化，这无疑是对上师三宝最为真诚和无价的供养。

不知不觉中，又想起元朝赵孟頫的几句诗文：

同生今世亦有缘，

同尽沧桑一梦间。

往事不堪回首论，
放生池畔忆前愆。

希利容姆

2007 年 12 月 20 日

轮回是一种惯性，不断改变习惯能让那股巨大的惯性慢慢停下来。遇到情况不立即被情绪淹没，而是看看自己的反应，这就是改变。

——希阿荣博堪布

一个少年的佛缘

我是家里的独生女，从小就备受关爱。在家里有家人疼着，在幼儿园有老师和阿姨宠着。也许是因为从小就生活在蜜罐里，我比同龄人更为骄傲、自私、任性和懒惰。

有一次在小学，我竟然和同学在宿舍大打出手，导致左眼角受伤。同学们对我心怀不满，不太敢与我交往，所以我没有一个真正的好朋友，大多数时候都是自己一个人独往独来，觉得很孤单，也满腹委屈，不懂事的我并不明白自己的错误。这种情况持续了四年的时间。

9 岁那年，与上师的邂逅，无疑像一堆篝火，在那个冷得出奇的冬天，直暖人心。

那日下午上师因事外出了，我与母亲便在大丰等候。直到临近半夜才见到上师回来，有些疲惫，可神色却透着慈祥。上师看见我，让我到他那里去，然后将我抱在怀里。母亲向上师说明了我的情况。上师只是微笑不语，将宽厚的手置于我的头顶为我加持，并嘱咐我好好学习，临走前还送了我一串念珠。那些小珠子在灯光下有着别样的光泽。在那几个小时里，我的心有了难得的清净，心情也格外好，仿佛空气里都有了喜悦的味道，心中的崇敬之情油然而生。

2007 年是我人生的一个转折点。夏日里，我同父母一起来到扎西持林这片圣洁的土地。我突然有一种回家的感觉。10 岁的自己，有幸在扎西持林皈依佛门。

那是一个万里无云的日子，自己在觉沃佛殿堂里受皈依戒。也许，从那一刻起，我真正渴望虚心下来，心无旁骛地学习和修持。

2008 年的汶川大地震，对于 11 岁的我而言，无疑是一场死亡的考验。那日，我们正在上课，当班主任老师将课文标题写在黑板上后，突然发生了猛烈震动。年轻的班主任一时间没有反应过来是什么情况。突然，一位同学喊道："地震了！"大家一下子慌了神，傻了眼，老师也大喊一声："趴下！"所有人都瑟瑟地抖着身子，缩在桌子下面，只有我们的老师，一个人冒险走出教室，去查看情况。当我们到达操场时，所有人才舒了一口气。

虽然自己在成都上学而感到强烈震感，但所幸并没有受伤。只是心有余悸地记得，在地震的那一刻，周围人的嘶叫声混杂着眼泪，展现出了对死亡的恐惧，以及在死亡面前的无助。家长们都蜂拥而来接自己的孩子，眼里充满了紧张与担心，有些家长更为此急红了眼，润湿了双眸。我走过一个班的队伍前，看见一对父母抱着他们的孩子埋头哭泣，这时，在我身边的一位同班同学告诉我说，正在哭泣的这位同学的家住都江堰，在父母来接他的路途上，他们家的房子轰然坍塌，家里两位年逾古稀的老人被埋在了废墟下，再也醒不过来了。我意识到了什么叫作无常，悄悄别过脸去，不想让他人看见我的泪水。在这次地震中，太多太多的人失去了那些与他们朝夕相处、对他们关怀备至的至亲。我了然了无常，明白了它的力量，不禁感叹生命的短暂与为人的悲哀。

2009 年，当自己再次来到扎西持林，看见上师因病痛日益消瘦和苍老的面庞时，眼泪不自觉地落下。自己当下便决定磕大头，绕扎西持林一周，给上师作法供养。上师欣然答应并对我说："这是个很好的消除业障的机会，真是太好了，弟子。"

后来的一天，我冒着小雨，匍匐在山间。因为在家里从未磕头的原因，疲劳使我试图放弃，母亲却在旁边为我打气。她走路在前，我磕头在后，我磕不动了的时候，她就停下来，陪着我，接连不断地持咒，微笑不语。后来几次，我又试图放弃，可她还是叫我坚持。这时，我看见一个身影朝我走来，穿着红色袈裟，庄严的面庞上散发着一种亲和力。哦，是土登喇嘛。母亲好奇地问他："上师在山下讲课，你为何不去摄像？"他只是笑笑，轻描淡写地回答："山下的摄像已经有师兄去了，我来陪陪她，今天缘起很好，磕头一定要圆满，不要破坏缘起。"我的心被感动和感激填满，很快就打起了精神。土登喇嘛老是走到离我很远的地方，然后向我招手，大声说："磕到这里来！"

或许源于上师的加持，又或许源于土登喇嘛的关心和母亲的陪同，我渐渐丢掉了放弃的想法，一鼓作气磕起头来。快到大门的时候，下午 3 点已过，母亲这时告诉我，上师已在觉沃佛殿前的草地上等候我多时。我突然泣不成声，凭借着最后的一丝力气，咬牙磕到上师面前。上师张开他那温暖且拥有力量的手臂抱住我，我在上师的怀里号啕大哭。上师微笑而又温柔地安抚我道：“你这次消了很多业，你长大了，弟子。”突然母亲欣喜地指向天空，我抬头望去，映入眼帘的是如锦缎般的彩虹，它的光芒笼罩着整个扎西持林。

扎西巴姆

2011 年 2 月 12 日

第四章

尘尽光生

衣服上的灰尘容易洗掉，心里的灰尘最难洗。在修行的路上坚持不懈，做到这一点比我们预想的要艰难得多。每一个修行人都会一再失败，一再跌回旧的习气中。尽管如此，我们还是一辈子都在精进修行，不放弃也不逃避。

——希阿荣博堪布

吃疣猪的狮子

记得那是我刚刚学佛不久，
听一位仁波切讲：
一个学佛的人，
如果能在自己最有信心的上师面前死去，
就是修行人最大的福报了！
当时不谙世事的我，
竟然向您提出了这样的请求。
“太难了，太难了，弟子这个太难了。”
虽然这样讲，
但您还是向我伸出手，示意我来到您的身边，

当我战战兢兢，来到您身边的时候，
您把手放到我的头顶上，
念了很长时间的经文。

今年是我皈依的第 12 年，按照世间十二生肖的说法，也可以说是又一个轮回了。

两个月前的一个上午，刚刚吃完早饭，本来一切正常的身体突然一阵恶心，我马上跑到厕所，一声惨叫后就开始呕吐不止，而且马桶里还能看到些许血迹。为了不让听到动静的家人看到，我马上用水冲洗，然后故作没事。但事情瞒得过别人瞒不过自己，身体开始异常难受，特别是头晕得不行。当天夜里，走路都开始有些困难。一个人躺在床上，昏昏沉沉间自己好像进入了一条又黑又长的隧道，走着走着，竟然遇到了一个过去的同事，因为多年没见，我们聊了很长时间的天儿。过了一会儿醒过来，自己也惊出了一身汗——这位同事早在三年前就因为癌症去世了。

在佛教的经文里，《地藏菩萨本愿经》是我比较熟悉的一部，这个时候看到这样的景象，无论如何都不是吉祥显现。躺在床上的我心里也开始有些没底了。

第二天一早，我根据自己的病症开始在网上查询，网上各种各样的说法都有，有人甚至建议如果出现轻微吐血的症状最好先排查一下胃癌的可能等等。

离开电脑，心情很差。

我拿起了法本，开始念经持咒。说实话，那几天我真的挺精进，一天中大多数的时间是在念经和闻思中度过。有时自己在念经或者持咒的时候，会忍不住笑出声来，原因只有一个：此生幸遇上师三宝！

这是我前几天在电视上看的一部介绍狮子日常生活的纪录片：一只狮子在吃疣猪的时候，牙齿被疣猪的一块骨头卡住了，它自己怎么也弄不下来，狮子也就因此无法进食，身体日渐消瘦，最后奄奄一息。参加拍摄的科学家们开始讨论，大家要不要救救这只狮子。一种观点认为，我们来这里是记录大自然的，不能干涉自然。另一种观点是这只狮子的情况只是个意外，干涉一下也不会对这里的自然生态产生什么影响。

最后，决定救下这只狮子的观点占了上风。于是大家开始忙碌起来：麻醉，手术取下骨头，再打针解除麻醉，狮子得救了。这部影片的最后，摄影师又找到了这只狮子，当时在镜头前，这只忘性很大的狮子正在和它的同伴一起争抢着一只刚刚被它们捉到的疣猪。

“这真是个没记性的家伙。”影片最后，拍摄人员都发出了这样的感慨。

随着身体和精神状态的好转，我的生活又不自觉地恢复如初。修行的时间越来越短，散乱的时间肯定就越来越长了。

多像那只又跑去吃疣猪的狮子！

“学佛一年佛在眼前，学佛十年佛在天边。”这是我在一位师兄写的佛子心语中看到的话，现在想来这句话就好像是自己 12 年学佛经历的一个真实写照。

虽然曾经造下了无量无边的罪业，但如今的行为却像是一个已经证悟的瑜伽士。所谓“明明白白一条路，万万千千不肯修”，说的就是我。说真的，有时候自己都会对自己感到非常失望。在希阿荣博上师所有的弟子里，我应该是最差劲的，相信这句话的人，才是真正了解我的。

“顷刻一声锣鼓歇，不知何处是家乡。”这是憨山大师《醒世歌》的最后两句话，看着这样的文字，真让我胆战心惊！

俄色桑吉

2010 年 6 月

我们自以为经验老到、广闻博学，而绝大多数时候，不过是凭概念和联想在理解世界；我们自以为明察秋毫，事实上往往只看见想看的，听到想听的。佛陀教我们以开放的心去观察和倾听，才能真正看到和听到。可是用清新、开放的眼光认知内在和外部的世界，不仅需要勇气，还很辛苦。

——希阿荣博堪布

与秃鹫对望

大北风终于来到了阴暗不见天日的京城，驱散了持续几日的严重雾霾。空中细粒飘浮的奇葩景致终于不见，久违的蓝天终得见。

离开五明佛学院，转眼又是一年。越来越强烈地感觉在这座钢筋水泥的冷漠方城里，在这无法忍受的肮脏到极限的空气里，很难找到对话的可能性。我是那么那么想念那碧空如洗的高原蓝。脑子里所有的灵感与念想，来自记忆中的圣地，而非此地。尽管，我懂得，在这无常的世间，没有离别也没有重逢相聚，我们多世轮回相互纠缠，一切皆是空性。而对于圣地来说，这份执着，却千真万确地难以割舍。

时别几年，又一次归来。静谧不变。上万人居住的地方，无丝毫的嘈杂。来来往往的出家众，羞涩而纯澈的眼睛盛满温暖与善意，那笑容如酥油的芬芳一样香甜。这些记忆我不曾忘。桑烟弥漫的天空，漫山的红色袈裟，盛满学院的往事。每一次，我祈祷，时间到了这里请慢一点，再慢一点，让我可以在视觉暂留之时细细碎碎咀嚼。这种感情，发自肺腑，真真切切。

我从来都不是一个多愁善感的人，在我的身体里几乎没有叫乡愁的地方。在六道轮回里转悠得够久了，每一次生死寂灭，又旅行至其他地方。走的路多了，被临时称为“故乡”的地方也多了。一时竟难以定义，故乡是出生地，还是归宿地。我依旧对今生充满信心，虽然之前每次都半途而废，但所幸又一次踏上自觉的路。

有一句谚语说得好：你不必去远方，香巴拉就在你心中。一个人与一个地方的前世今生重逢是很奇妙的感觉。有时像是穿越了时空隧道。引我入佛门的大师兄，出家于五明；我有幸参拜的第一位活佛——丹增活佛，来自五明；我的大恩上师——希阿荣博堪布，来自五明。我才回想起，这一切殊胜因缘的巧合，似乎都是冥冥中注定的，只等我今生又一次困顿醒来，又一次寻找到逃离六道轮回的救命稻草。这期间寻回反复，不知道多少遍。诸佛菩萨从未放弃过任何一个有情众生。

《俱舍论》说：“此土无定末代时，十岁原初寿无量。”人的福报慧根在渐渐倒退。偶尔有几分清醒，却时常沉沦在声色犬马的电影中。最近这一两年总是无常传来，我家里就有几位亲人，或离世或重病。一切来得猝不及防，摧毁着看似坚固的一切。

上大尸陀林的时候已近中午，站在山丘上，可以看见延绵数里的山脉，几乎是从这头到那头一望无际。深邃黑幽的山谷，放眼望去，雄伟浩瀚的层层山峰连绵不绝。山谷幽暗全然寂静。太阳照耀着最高的山顶，这样的光有着令人难以置信的强度。但是，喇荣山谷懂得，就这样站着，站着，就这样，一亿万年的光明：耀眼，圣洁，无穷，无尽……

听过这样一句话，身体是一所随时会离开的旅馆。我们暂时住里面，迟早是要出来的，无须费尽心思去装潢。死亡的气息排箫般涌来，我竭力控制住眩晕。我回过头，想找个地方清清胃里翻江倒海的东西，就这么一瞬间，突然发现一只秃鹫不知什么时候蹲在了我身旁，悄无声息，在逆光中。第一次近距离看到这种鸟，硕大的身形超出了我的想象。我有些害怕，我的惶恐与它的镇静好似两个对峙的阵营。我停下来，很奇怪，就这样，我们互相对视着。我打量着这种高原上最有灵性的鸟儿，我看见了它胸前的白毛。当地有这样一种说法，胸前有白毛的秃鹫一定是空行母化现的。它就那么一动不动地蹲在那里，安安静静地看着我，犀利而有神的眼睛里传达着专注、冷静和高贵，还有一些我说不出的什么。我想打破这种静态，张开嘴，却发不出任何声音。我哭了。秃鹫的目光似在询问，眼睛里有一种微笑的力量，难以捉摸，慢慢地我放松下来，那种潜在的不安消失了。很神奇的，就这么片刻，我肚子里的翻动停止了，那种严重的肠胃不适感就这么消失了，我不知道这是不是一种加持。

一团阴影遮蔽了太阳，周围一片死寂，一如我头上赤裸的天空。我听得见时间的流逝，时间似乎可以打破二元分别，引天地为莫逆，与静谧为知音。我把头从这个地平线转到另一个地平线，眼睛看到一个巨大的空间，天地万物都在其中。但是这个空间还是有限的，因为心中的空间是那么狭小。我们所有的活动都似乎在这个狭小的空间中发生。其中有日常生活潜藏的挣扎，相互矛盾的欲望和动机。今天我懂得，心智无法触及的广大空间就是寂静。

在那个夏日，我受到死亡的感染。我哭泣，但是并不悲伤。生死是同等重要的两个面向。其实生就是死，犹如两条河并成一条浩浩荡荡的大河。佛陀给予我们的所有教法，都浓缩在无常之中（铃木禅师）。这是多么精辟的一种品味人生的方式。那一刻，我的脑海里冒出了各种念头。我看着这些涌出的念头，我观照着这些涌出的念头，我小心翼翼地分析着每一个念头。那一瞬间我觉得自己像生物学家，在显微镜下抽丝剥茧。再小的生理细胞在精密仪器下都能被看清，但心灵的尘埃，是否能够觉知并清扫干净呢？在这场生命的大电影里，出离的勇气，有没有来得更强烈一些？

我和那只秃鹫依旧这样对望着，心中产生一种深深的不舍，我突然害怕它就这么离去。此时，葬尸场搅拌机的轰鸣还在一阵阵传来，管子里持续流出汤汤水水，那是尸与骨，以及，血与肉……曾经鲜活的生命，就这样成为不可更改的结束，滑入深深渊薮。他们曾经与我的过去同岁，或者，我曾经与他们的过去同岁。他们与我之间并不存在遥远的距离。佛陀说，不可以用言语度量那不可度量的。葬尸场是一个讲述生命归途的哲学讲堂，它给予我解开生命终极意义的探索与回答，我看到了一种超越时间的品质。死亡的气息如此真切、如此清晰地从我身边穿过，在空荡的喇荣山谷中穿过，混乱的心智不再飘荡。执念犹重，念多少经文也枉然。我念念生死无常，任何事物都成住坏空。因缘聚散聚灭，瞬间而已。或许，真正的“此刻”并不存在。它只是过去与尚未到来之际的刹那，它在失去与抵达之间的夹缝存活。我祈祷那些生命最终得以往生极乐。我知道，终有一天，我也将脚不沾尘地，天空是我唯一的路。圣地的加持，如此纯然，我对生命深深敬畏。我感恩再一次引我至此的上师，再一次重演师徒关系，再一次将一个个修行的法门雨后春笋般落入我生命的棋局。

存在主义大师马丁·布伯曾发出过这样的疑问："你在世界何方？你拥有的岁月过去了几年几月几天？你来到了你的世界的哪个地方？"**这世间有八万四千种法门，总有一叶扁舟，会帮助你抵达彼岸的津渡。**人是最经受不了考验的动物。被无常席卷，被无明障碍。独饮也好，对弈也罢，都莫忘和、静、清、寂……命运没有仓促下笔，每一个不知何起的因，都是改变命运的旨意。认真面对每一个当下，不再投射未来，在最好的状态停下来，增上意乐，才会有觉知的成长，才不枉生生世世诸佛菩萨不舍的呼唤。

此刻，大地寂静，天空非常的慵懒，那蓝色总是出现在北风之后，我看到了窗外枯枝上的光。此时，我的心里充满了空寂和美。

愿生死得救，愿离苦得乐。

希利容姆

2015 年 12 月

修行不是一场魔术表演，从头到尾让你兴奋、惊奇、目不暇接。它也不是逃避日常琐事的盾牌，因为它可能比你企图逃避的日常生活更加琐碎平常。修行的目的不是完善目前的生活或者美化自己，如果是这样，佛陀当年大可不必舍弃王位出家。他从小生活在父王为他砌筑的高墙之内，锦衣玉食，不知痛苦为何物。然而，当他偷偷跑出宫外看见生、老、病、死的生命事实后，就决心不再自欺了。修行没有什么宏大的目标，只是不再自欺而已。

——希阿荣博堪布

烦恼即菩提

烦恼即菩提：烦恼与菩提相即不二之意。妨碍觉悟之一切精神作用皆称为烦恼；反之，断绝世间烦恼而成就涅槃之智慧，称为菩提。然贪、嗔、痴等烦恼，其当体为菩提；离此菩提法性之外，则别无诸法可言，故于烦恼之性立菩提之名；此即两者相即不离之意。

——《佛光大辞典》

皈依已经有两周了，虽然日子依旧平凡而简单，但我知道，有一种变化已经悄然发生了，那是一种前所未有的踏实和安适，那是一种久违了的——回家的感觉。

回想我这前半辈子，大部分时间都是在与人争执中度过的。在值得或不值得的各种事上我都有可能跟人发生冲突。大到为了家庭的分合散聚，小到为了年底那个优秀教师的人选。印象最深刻的一次是，暴怒过后头上的头发莫名其妙地脱落了三撮，俗称“鬼剃头”。后来四处求医问药，又是梅花槌又是生姜一通折腾，过了好长时间总算是把这块荒地补上了。至此，我才真正理解了，为什么有个成语叫“怒火中烧”，原来愤怒真的能够像一把火，殃及了池鱼也焚尽了自己。有一次，看到米拉日巴尊者自传中，“尊者的母亲给儿子写信要他好好学习降雹术，好多杀一些仇家”的时候，我笑了。要是我，早就自己动手了，哪里有耐心等到儿子学了法术回来复仇。

可不知道为什么，像我这样一个天不怕地不怕的浑人，居然也对死有着与生俱来的巨大的恐惧。记得在很小的时候，我就知道死对于一个人意味着什么。而且一想到死了以后就再也不能来到这个世界上了，我会在不知不觉中把自己的手背都咬得肿起来。1997年的一次濒死经历让我永生难忘。那是一个很普通的剖宫产手术，一般的人一个小时左右就结束了，而我却经历了一场生死。手术结束的时候，在手术室外面等候将近四个小时的母亲听到护士说：今天差点下不来（手术）台。母亲才深刻理解了平时我们常说的“让人下不来台”这句话的含义。在这四个小时的过程中，因为普通腰椎麻醉后，我依然对刀剪有敏锐的痛感，最后是被全麻的。按说这种情况下人是没有任何知觉和记忆的，但我清晰地记得自己在手术中，居然以一种平日根本不可能有的视角看到了麻醉师的秃顶！那让人目不暇接的五彩的隧道，还有在天花板上怎么挣扎也出不去的强烈的无力感至今仍清晰无比，很多年以后才知道那就是濒死体验。那一次奇特的体验后，我开始朦胧地觉察到：死这回事不像我从前想的一样，至少死不是一了百了那么简单。我在想，也许这就是当年佛菩萨为我种下的解脱种子吧？但是愚钝的我没有继续追问的福报，接下来一连串的家变搞得我焦头烂额，继续在无明中挣扎沉沦。

我的噩梦也就此拉开了序幕，之后家里一系列巨大的变故折磨得我心力交瘁。也就在那一年，有种非常强烈的感觉在我心中生起，我开始相信：也许我就是一块前世瑕疵满身的石头，今生才会有如此的际遇。直到后来看到上师在《关于皈依》一文中，引用莲花生大士所说："如果你想知道你的过去世，看一看你现在的情况；如果你想知道你的未来世，看看你目前的行为。"真想痛快淋漓地大哭一场啊！不为过去也不为来世，只为今生：自作孽，不可活……

直到今天，当我大踏步地向着自我毁灭的路上飞奔，即将一步迈出悬崖之际，才知道这一切不过是那个当初令我自豪的"执着"，即"我执"导演好的一出好戏。作者是我执，演员是自我，结局只能是——悲剧。

那只在悬崖边上拉住我的手的就是，2010 年 6 月 21 日偶然在网上的一个链接中看到的一个标题：从玉树说起。

从那以后，我开始在网上有意识地去搜集上师的文章，直到找到次第花开网站，下载了上师的好多音频，其中"安乐"一篇彻底改变了我的人生。突然有一天，我意识到自己已经很久没有发脾气了，说很久也就是两个多月吧！对于我这个出去吃顿饭都要跟人发飙的人来说，两个月就是破天荒的纪录了。爱人开玩笑地说，传统文化就是好啊！这么多年，他出差在外最怵给家里打电话，一听到冷嘲热讽的声音就不寒而栗，还说这是他第一次感觉到了家的温暖。我很震惊，难道这真的是我带给自己亲人的感觉吗？我向儿子求证，儿子小心翼翼地反问：你觉得呢？

我开始猛烈忏悔自己往昔所造下的罪业，听说诵《地藏经》最能消业障，我每天都要诵三部以上。有一次诵完经后，儿子语重心长地对我说："妈妈，这才是 2012 的方舟船票。"这个小家伙当年被我们硬拖着看了《2012》后对世界末日这回事一直耿耿于怀，也许我的这场信仰的自我救赎总算让他看到了最后的一丝希望。2010 年 12 月 11 日，我们全家都走上了这条回家的路。周围为数不多的几个朋友知道了，有人羡慕有人惊讶，羡慕的是他们一直在寻找的东西被我抢了先，惊讶的是我这么不注重形式的人居然还是为自己设了个限。我告诉他们：其实都不是，**皈依不过是决心不再自欺，只有看清烦恼，放下才是菩提。**

正如索甲仁波切在《西藏生死书》中所说：我们的宗教是——生死无悔。希望我们今后能够在轮回的苦海中，生亦无悔，死亦无悔，解脱生死，来去从容。

洛珠曲尊

2010 年 11 月

在经历痛苦时，努力保持住觉察，看到情绪的变化，看到自己的反应，看到脆弱、怨恨和惊慌，同时尽量把心敞开，让自己暴露在痛苦中，让强烈的感受去瓦解心里根深蒂固的观念和习惯。这时，我们的本心，或者它折射出来的慈悲心、出离心、世俗菩提心才会有机会显现。

——希阿荣博堪布

相忘于尘烟

“我已经不爱你了。”这是20世纪20年代中期鲁迅先生小说《伤逝》里主人公涓生的对白，当他小声却决然地告诉先前的爱人子君时，他认为他说出了真实，而且是用了很大勇气的真实，结果却是，送了子君的命。涓生虽然追悔无比，但依然认为真实远比无爱更应该尊重，曾经相爱的人彼此说谎，只能陷入无尽的黑暗之中。鲁迅先生一直是我敬重的人，读他的书常常被他一刻不停地自省感动着，一个可以不断自省的人是多么的勇敢！

现实生活要比小说更加惨烈，更加无以言说，我们深深的习性早就做了心的占领者，连自省的机会都不给。即便是相爱的人也最终掉入了渴望、试探、嘲讽、受伤、怨恨、背叛、游戏的结局。没有涓生的诚实，也没有子君的决然，幸福的时光短暂而易逝，如同白天和黑夜的交替。很不幸，我有着这样无比真切的感受，黑夜变得异常难挨，敏感的心会感到疲惫不堪，并试图挣扎着寻找自救的路径。不是因为没有爱，而是因为想知道如何不爱！

这是一个凡夫的痛苦，也是一个凡夫的可怜！

可能是我坚信轮回的存在，可能是几世累积的福报，我终于在那一年的秋天，2005 年 10 月 28 日，第一次见到了上师——希阿荣博尊者。

而在此之前，只是偶然在朋友的电脑上看到过希阿荣博上师的法相，尊者目光中透出的慈悲立刻融化了我心里的冰冷，我不明白为什么会有如此强大的力量，使自己那么渴望见到他。两个月后，当我飞到成都，在上师简朴的住处，终于见到照片上的希阿荣博上师，竟然紧张得不知说什么好。我在镜头前工作、采访、说话有 12 年了，却在上师面前完全像个孩子般不知所措。那时候我想，我终于重新活过来了。所以 2006 年我才 1 岁，我把皈依的那一刻算作重新开始的生命。

能有机会亲近希阿荣博上师的时间并不是很多，而每次听到上师的笑声都能使沉郁的空气散去，似无云的朗日。一次，工作很不顺利，那时学习佛法刚刚半年，书里的道理看的时候明白，做的时候就忘记了，而沉积的习气让我面对压力时常常躲进负面的情绪中，不愿出来。为此经常观想上师，却又不敢直接打电话，好几次拨了几个号码就放下了。就在犹豫的时候，我的手机响了，显示是师父的号码，顿时委屈的情绪把泪水逼出了眼眶。我以为我会号啕大哭一场。但是，当师父的声音从耳机里清楚地传出来时，我的应答已经自然地开始轻松起来了。师父先问了我的感冒好了没有，然后又问我心情怎么样，我如实回答：杂念多，烦恼重。师父听了哈哈大笑，半开玩笑地说我想得比他老人家多，所以不开心，说自己什么都不想，所以每天都非常开心。然后依然是爽朗的笑声穿透时空，那种大乐的圆满和自在一下把我拉出了阴霾多日的情境，直到放下电话，我几乎是微笑着回到办公室的。

希阿荣博师父常常会在这样看似玩笑间调伏弟子的我执，每次我和执着较量时，都会想到师父在电话里的笑声，这让我变得勇敢起来！

一个阳光温暖的冬日，院子外柳树的枝条低垂着，懒懒地摇曳着，我站在窗子里发呆，皮肤被太阳晒得有些发烫，心里什么也没想，又像在等着什么。一阵风吹过，柳树摇得更厉害了，一只脏脏的白色塑料袋被风卷起，落下，上下飞舞，没有着落，没有去处。我突然泪如雨下，觉得那个脏脏的塑料袋就像是没有皈依前的自己，毫无目的地四处飘舞，像白色的孤魂，被树枝挂住，被车轮碾过，被扫帚扫起，被风带起又掉在泥里，短暂的停留，又继续被卷走……

在那个时候，我好像变成了《伤逝》里的涓生，子君是另一个充满贪恋的我。

“涓生”果决地对着“子君”说……我已经不爱你了！

希阿拉姆

2006 年 11 月 8 日

只忙于满足自己这样那样的需求，是会让人疲倦、不安的，因为人的需求层出不穷，永远没有彻底满足的时候，心里很难有安定；而慈悲，对其他众生的关怀，哪怕只是一点点，也能让内心喜乐和满足。

——希阿荣博堪布

从心开始

每个人都可能在某个时间突然想到死亡的问题。已忘记从什么时候开始思考这个问题了，只记得儿时和所有孩子一样，幼稚地希望自己能够长生不老，随后又贪心地加上父母、家人，随后又是亲朋好友们……每每想到这里，不安和恐惧从心里某个角落悄悄蹿出，结果只有沮丧。

随着年龄的增长，疼爱自己的外公、外婆相继离世了。想到小时候的疑惑没有觉得荒谬，反而多了些无奈和悲凉，耳边总有一个声音在不断督促：生命有限，不要蝇营狗苟地虚度光阴。我试图牢牢把握自己的生活，希望生命的每一天、每一分钟都饱满而充实。成功、幸福成了生活全部的追求，而所谓幸福就是生活、工作和家庭等完美并尽在掌控中。

2010 年，老公同学的妻子得病去世了。这曾经是个如此完美的家庭：郎才女貌的夫妻俩都有着令人羡慕的工作和收入，儿子 1 岁多，聪明可爱。她的病逝，让我对充实而成功的人生产生了疑惑，幸福生活原来是这样脆弱。儿时的不安又悄无声息地来了，死亡是终点吗？如果死亡是终点，那么我所追求的生活又有什么意义？

如果生命的尽头不是终点，那又是什么？

我试图从各类书籍中寻找答案。一天在网上购书，不经意买回《次第花开》这本书。书中所讲的道理紧贴生活，平实易懂，让我重拾学佛的信心。最不可思议和幸运的是，通过这本书，我们联系了次第花开网站，全家得以见到此书的作者——大恩上师希阿荣博堪布，并皈依了上师三宝。无数次暗自赞叹自己的福报和运气，自我的改变也慢慢开始了。

2011 年深秋的一天，接到同学的电话，得知高中的班主任病重，于是相约一起去看望她。早就得知班主任生病的消息，每次都有这样那样的理由拖延。当再见到她时，几乎认不出了，面前这个形销骨立、举步维艰的老妇人哪里是记忆中的班主任？曾经的班主任极注重形象，身材挺拔。她看出我的惊讶，说了她的病情，这两年癌细胞已转移，渗入了骨头，骨头几乎已被癌细胞钻空了，每挪动一下都痛苦不堪。她拉起我的手放在她头上，让我摸她的头部，稀疏花白的头发下面，有的地方鼓起一块，有的地方软软地凹陷下去。我有些害怕地抽回了手，难过得不知如何安慰她。她说道："我不怕死，就怕这样生不如死。"她每天看点小说打发时间，竟像期待一次远行般期待着死亡的到来。第二次再去看她又是几个月后，她已不能下床，斜靠在床上，每天靠大剂量的吗啡度日。看到我手上的佛珠，她问道：“你信佛呀，佛经讲因果报应，你说我这是什么报应，我这辈子没有做过什么坏事呀。唉，我好想快点死，每天早晨醒来发现还活着，真让我失望。”我强忍着泪水，无奈而伤心地看着她。这个世界上没有真不怕死的人，她是在受着怎样的煎熬才如此渴望死亡。更让人痛心的是，她是这样简单地把死亡定义成解决一切痛苦的方式。这个时候我不知道该如何给她解释“三世因果”“轮回过患”，也不知道是否应该告诉她，她所期待的死亡不一定是痛苦的结束。面对即将逝去的生命，我突然很内疚，平日顾影自怜，在乎的只是自己内心的感受，学佛成了个人对生命易逝的逃避和对无常恐惧的寄托。

重新审视学佛的过程，最初的皈依只能算是形式，闻思是从皈依希阿荣博上师开始的。可是习惯的思维方式让我在闻思修上仅依靠“脑”去理解记忆，把功课量化到每天、每小时，往往满足于完成每天的定量，满足于安住在佛堂念经的内心平和。而走出佛堂，修行似乎与生活毫不相干，因为没有从“心”开始，随着功课数量的积累，旧习未除，那潜伏隐藏的傲慢却被滋养成长起来。抓得过紧的生活没有放松，“还要通过修行为生活上保险”。带着执着的修行让我依然困在“自我”的窠臼里不能自拔。

一次例行加班至很晚，公司的清洁工阿姨已开始打扫卫生，收拾到我的位置时，我心不在焉地站起来让她。她一边道谢，一边说道：“你们好辛苦，挣钱真不容易呀。”我惊讶又感动地看着她。平日里我们如此骄傲地觉得自己做着让她们羡慕的工作，对待周围从事这样工作的人时常带着惺惺作态的同情，早已习惯他们为我们做的一切，却从未在乎过他们的辛劳。我们不屑与他们交流，不知他们来自哪里，过着怎样的生活。我们自认为所有的思想、感情和生活方式都比他们高尚，甚至教育孩子都拿他们做例子：不好好学习，以后只能干这些工作。没想到，没有过多欲望的他们对生活很知足，而每日身心疲惫的我们才是他们同情的对象。

一起工作的同事们常常因为利益、竞争等原因封闭彼此，不愿让别人看到自己的脆弱与软弱。大家难以坦诚交流，连如同清洁工阿姨那样的一句真诚而平和地关心别人的话也舍不得说。在这个高速发展和竞争的社会，所谓忙得无暇顾及周围的人和事成了日渐冷漠和麻木的借口。

记得皈依时，上师曾开示：今天皈依是为了一切众生的最终解脱而发愿修行佛法。而“众生”对我却是个抽象的概念，我无法把这个概念扩展开去，即使是周围的亲友、同事，我的内心也无法真实感受“他们的痛苦，我的痛苦，原来是相通的，原本就是一个东西”。想起班主任临终的痛苦和困顿，我为自己无力帮助她而内疚和自责，同时又拿自己只是一介“凡夫”来自我安慰。

上师说过：“只忙于满足自己这样那样的需求，是会让人疲倦、不安的，因为人的需求层出不穷，永远没有彻底满足的时候，心里很难有安定；而慈悲，对其他众生的关怀，哪怕只是一点点，也能让内心喜乐和满足。”

我们内心的喜乐常常是物质条件和虚荣心得到满足的感受，这种喜乐包含着患得患失的担忧。而对众生的一点点关怀是什么呢？是送到救济站那些过时不要的旧衣，还是随手丢给路边乞丐的角票？我的关怀、众生的关怀又有怎样的联系？

父母家的小区里有很多流浪猫。孩子爱猫，时常拿食物去喂猫。每次孩子在院子里招呼猫，只叫一声，便能听到有猫回应，还没有辨出方向，小猫们就不知从哪里迅速蹿了出来，围着孩子亲热地绕来绕去。大约摸清孩子喂食的时间，一只小猫定时在楼下单元门口迎接孩子，成了孩子的最爱。我却不喜欢这些全身绒毛的小动物，也不愿孩子太多接触，嫌它们太脏。因为孩子的缘故，我也受到小猫们的“恩宠”，见到我来，它们会热情地迎上来，时常吓得我落荒而逃。孩子常常给我讲这些小猫的趣事，无比享受地描述小猫们毛发如何柔顺，眼神如何温柔，动作如何憨态可掬……我依旧不能理解孩子为什么喜欢它们。直到一次看见孩子离开院子，小猫一路送到门口，孩子频频回头，小猫也驻足目送，心下感慨，原来人和动物可以这样交流，彼此的关怀，可以消除所有的障碍，心的交流无须语言。我主动买来了猫粮，从孩子惊喜的眼神里和小猫们争抢食物中，我体会到了他们的快乐，心里也满满地快乐起来。

我走在路上，一向对突然递过来的各种宣传广告很烦恼，总是皱着眉头极不耐烦地摆脱。一天，在路边等人，看见不远处一个大学生模样的女孩，羞涩地拿着一叠宣传单张望，也许是第一次打工吧，她犹豫地递出宣传单，路过的人摆摆手，她讪讪地收了回来。的确，这些宣传单对路人大都是多余的垃圾，而对于她也许是今天的收入。她又四下寻找目标，我无意间迎上了她的目光，微笑了一下，她像受了鼓励似的，疾步过来递给我一张。这一次，我没有拒绝，仿佛感到她此刻战胜自己的勇气和收获。

原来，我们与“众生”是这样息息相关，一个小心念的转变就能就给自己和“众生”带来改变，而这点滴的改变也正是真正走出自我、走向修行的开始。

蒋阳措

2013 年 3 月

对自己友善并不是放纵自己，因为放纵只会让我们越来越不尊重自己，而不能让我们内心安乐。友善意味着以温和的方式了解自己，带着幽默感去观察自己的傲慢、无知、冷酷、僵硬。

——希阿荣博堪布

自知者贵

年底，单位按惯例发给大家一系列自我职业测评表，以考核自己本年度道德品行、职业素养等各方面。看着密密麻麻的自评选项，我不知如何下笔。身边的同事大笔挥舞：满分。完了，他不无得意地对我说：要是自己都认为自己有缺点、不优秀，还怎么指望别人认同你！所以自我认同最重要。

我太熟悉“自我认同”了。大学时代，心理学老师常常告诉我们：每天早晨对着镜子里的自己大喊三声“我最棒”。在一系列自我催眠作用下，大家似乎真的觉得自己除了有一两个小缺点外无懈可击，于是寝室里的几个人飘飘然起来，尤其是我，浑身散发出傲慢的气息。

十年后，善知识却澄清了困惑我多年的一个问题：善待自己不是狭义上的爱自己，而是亲密地和自己相处，诚实觉察自己的内心，因为自我已经强大到让我们无处遁形。

一次为上师供斋时，大家围在上师身边，热烈地讨论着。突然，上师问我："弟子，你的脾气怎么样？"那段时间，我觉得自己学佛进步很大，待人和气，彬彬有礼，也挺能为别人着想，尤其是朋友同事也称赞我有进步时，我更是觉得自己内心调柔，真正把佛法运用到生活中。面对上师的问题，我压抑住内心对自我的肯定，故作谦虚地说："上师，我觉得还行吧。"我想上师了知我的变化，一定会夸我几句，谁知上师却指着另一个师兄问道："和他比怎么样？"这位师兄学佛二十多年，心续调柔，师兄们从未见他生过气。以我的"修为"肯定无法和他比。我顿时矮了一截，回答说："肯定比不上。"我明白，这是上师在观照时机，调伏自以为是的我：有一点点进步就沾沾自喜，甚至驻足不前，是不可能有真的进步的。

第二天，我行驶在拥堵的街头，右前方一辆车几次企图强行加塞，都被我"英勇"地拦截下来。并行一段时间后，终于，他趁乱加塞成功。我气愤地长按喇叭，以示我的不满。几乎就在那一刹那，我的脑海里浮现出上师的话："弟子，你的脾气怎么样？"我愤怒的状态和前一天沾沾自喜的模样一对比，真是滑稽极了。喇嘛钦！这下，我才真正明白上师的甚深密意："弟子，想要改变无始劫以来积累下来的习气，没有想象的那样容易，应该潜下心，把自己当成病人，把上师看成妙手回春的良医，时刻借助佛法良药对治如影随形的贪、嗔、痴、慢、疑。不要稍有进步就沾沾自喜，甚至驻足不前。这样，学佛就成了强化自我、增强我慢的工具。修行路上，需要踏踏实实，一步一个脚印。"

前辈大德用传奇般的一生警醒我们：治愈的心有多迫切，上师三宝的加持力就有多大。米拉日巴尊者依止上师玛尔巴时，尽管受尽折磨与刁难，但他从未动摇过对上师和正法的信心。因为笃信因果铁律的他真正看到了自己的下场：如果不在死亡到来前忏清罪障，一定会因为背负三十五条人命，在地狱中感受无量的痛苦。米拉日巴尊者把自己当成一个在和死神赛跑的病人，而玛尔巴上师就是能帮他治愈绝症的医生。

我们嘴里常常说寿命无常，可为什么做不到谨遵师言精进修行？在上师面前还有那么强大的我执？因为这些教义仅仅存在于经书里，我们内心深处却是另一番景象：死亡离自己挺远的，而且也不认为自己真的那么糟糕，比其他人好多了；自己还有几十年的好光景，不着急，慢慢来。

有一天，我因为心情不好，跑去理发店做了一个新发型，希望借此扫一扫心中的烦闷和晦气。后来在拜见上师时，上师笑盈盈地看着我，问道："弟子，你为什么换发型？"这时，我开始在心里寻思：如果把"换发型可以带来好心情"这样肤浅的理由汇报给上师，说不定上师会打趣我的。于是，我答非所问地说："上师，这是我小时候留的发型，现在我想再重新尝试一下。"说这话时，我的内心虽然有些忐忑，但仍故作镇定，期望着不要被上师看出端倪才好。

上师微微歪着头，看着我，笑而不语。

随后，上师对大家说："很多人想回到过去，回到'美好'的时代，重温美好的感觉。其实，不要说回到以前，就算回到上一秒钟，我们也办不到。可惜太多人不明白，仍执着地怀念过去，难以体会到当下的快乐。"在场的人中，也许只有我惴惴不安。

我想，上师完全明白我换发型的真正原因，只是慈悲的上师不想拆穿我自恃聪明的小把戏罢了。而此时此刻，我却因为往昔的习气驱使，抱着侥幸的心理和上师玩“捉迷藏”。“在上师面前，没有自我的立足之地。”而我却有那么多的自以为是。就连在生死依怙的上师面前，都不忘把自己修饰、打扮一番，不肯暴露出真实的秉性。这种讳疾忌医、粉饰太平的心态很难得到上师和佛法最究竟的加持。

上师说：修行要像掷石入湖，一沉到底。久远劫以来的习气常常变换着花样，伪装成各种冠冕堂皇如法的念头欺骗着我们。在念头间，在言语间，在举手投足间，都是修行。**如果我们不把修行当成一件需要扎扎实实去做的事，只能像漂浮水面的一滴油，被水包围着，但永远都无法溶于水。**

希阿青措

2013 年 7 月

我们一辈子都在担心失去，便一辈子都在抓取、囤积，永远没有满足感。不知感念自己福报的人大概很难理解那种无所希求的欢喜。

——希阿荣博堪布

惜福

真正的上师犹如一座宝山，洋溢着一种代表究竟证悟征兆的祥和与喜乐。而在我的眼里，上师更像是一位治病救人的医生，用他那源自释迦牟尼佛一脉传承下来的慧命，和植根于一次次乘愿而来的经过试炼的生命，打磨我们在粗俗的摩擦中钝化的心智，帮助我们与另一个自己相遇。

几年前，上师带几位出家师来南方，开许我供斋。第一次，在出家师们表示吃饱后，桌面上还剩余近三分之一，上师不紧不慢地要求把食物清空，自己的碗里更是不剩一片菜叶一粒米。在我们铺张浪费已经成为习惯的城市，很难见到这种场景，这给我带来相当大的震撼。上师说我点太多菜了，当时并没把这句话放在心上，感觉就是师父们太客气了。几天后，得知再一次供斋，有出家师立马私下找我，用夹生的藏式普通话边比画边对我说，上师教言不可违，上师要吃完就必须要吃完，但上次真是撑着了，撑得直直坐在椅子上，弯不下腰，还有一位班玛师父晚上直打嗝。他拜托我这次一定手下留情。结果那天吃饭还是略有剩余，诸位出家师依旧在上师的授意下全都吃完，他们边摸肚子边对我苦笑。

上师没有散席的意思，却突然问我是否知道什么叫福报？我有些懵。上师说："凡是从我们手上过去的东西，都是自己的福报。福报是果，因在于修。上辈子修下了善业，使得今生衣食无忧。在有福报的时候，要慢慢用、省着用，因为福报会在不知不觉中慢慢损掉。福报享完了，未来就只有受苦。假如今天我们浪费了这些吃不完的饭菜，就是在损我们的福报。末法时代，众生的福气是很微薄的，懂福、惜福才会有福。"上师看着我的眼神意味深长。

禀性使然，在那之前我在生活的方方面面，可以说都挥霍无度，吃饭仅是其中一个参照。缺乏节制的生活已经使我的内心丧失了积淀的能力，对物欲的执着以一种无边的空洞闭塞了我的思想。人生有涯，欲望无穷，这个世界是通过欲望控制我们的，欲望是一片不纯净的汪洋，我们享受着虚构的快乐光阴，却淹没于巨大的旋涡状的虚无，沉向深处……今天，真想毫无保留地表达我的感激：上师这段醍醐灌顶般的开示，替我接住了多少原本会损掉的福。

一位跟上师接触较多的出家师给我讲过这样一个故事：某天，几位师兄带上师去海边散步。上师看着一艘艘泊在岸边的游艇面露惋惜，指出命的好坏决定于自己的行为造作。这些游艇的主人本来是极有福报之人，得以今生富贵。如果把自己的福报舍给众生，多放生布施，福报会继续增上。就像宗喀巴大师提到的，利益他人到头来就会利益你自己。但他们不知珍惜，过度挥霍，使得福报白白损掉。有个乞丐修护法修得特别好，经常向单坚护法求悉地。有一次，护法答应给他悉地，他起早就出去讨饭了，结果一整天也没得到什么。晚上回来就问护法，护法说："你今天碗里有一块酥油，那就是我给你的悉地。你只有这么大的福报，再多我也无法给你。"所以不要浪费福报，要多累积福报。

这使我想起土登师父。我曾供养他一块手表。因与我熟稔，土登师父丝毫没有掩饰对于这块表的喜爱，还说有些舍不得戴。半年后再见土登师父，手上空空。土登师父解释在和师父去偏远地区弘法时，送给了一位出家人。我知道土登师父的为人，他有一颗弥足珍贵的无我的心，多数情况下，他会忘记他自己。每次得到的供养，回去后基本上都分给那些没机会的出家人，以缓解他们生活上的困窘。我笑问他怎舍得送人，他淡淡地说，能供养出家人，且出家人接受你的供养，这是积累你的福报。修行人不执着，我再把表供养他，我们两人都得福报。在有爱的情境中，它会变成使我们与众生产生深刻联结的一种恩赐。**流转的福报，永远活着**。土登师父以那发自肺腑的纯真的笑脸看着我，一如他的人品，如此之美。

喜欢土登师父这句话：流转的福报，永远活着，在我与"我"之间，在我与一切有情众生之间。这好似一股火苗般的晨光，给我很大的启发。人生的目的至少应该是比欲望高的东西，因为我们活着不是为了活着，不要永远感觉饥渴。日复一日学习如何不执着，其实是在丰盈我们的生命。作为佛弟子，我们最终的归处是到达彼岸，但是，它出现在所有的寻求与欲念都停止的时候，一个被欲望束缚的人，无法观照深刻地领悟。佛陀给予我们六种到达彼岸的方法，第一就是“布施波罗蜜”，即以布施而度，培植我们的福报。诚如想到你明天有可能变成盲人，你今天就会好好使用你的眼睛。

超过自然需求的财富，其无用犹如溢出的水，节俭、朴素与少欲的乐趣理应受到推崇与尊重。从某个角度来说，贫穷是财富，而财富是贫穷。但若财富广施于人，那么财富便成为真正意义上的财富。佛陀教导阿那律，求福不厌，以资成就无上正真之道。佛说：**世上所有的力量中，福德的力量是最无上的；**天上人间没有什么东西胜过它，佛道也以福德的力量而成就。**为善不求福报，福报自来。**

人都有欲望，其中有些自然而必要，有些自然而不必要，有些既不自然又不必要。物质的递增所带来的快乐的增长是有限的，富甲天下也解决不了灵魂的不安，只能无聊地耗尽青春。被任何一种光芒所覆盖的生活，都将充满伪饰和谎言。浮生若梦，为欢几何？荣华享尽，便知凋零已至；繁花似锦，便带落英缤纷。佛陀曾经对众弟子说，如果他们吃得不够的话，身体就会衰弱，所以这样做是不对的。不过他也说，日子过得太富裕，会有损本身的功德。他因此要我们降低欲望，懂得知足并且追求精神上的进步。如此，当下娑婆即是乐土。

希利容姆

2013 年 7 月

人生苦乐参半，有足够的痛苦让我们生起对解脱的向往，又不至于太过痛苦而无力无暇朝解脱的方向努力。生老病死、悲欢离合，幸福的、悲惨的，成功的、潦倒的，人生的种种经历，无一不在启发我们觉悟。

——希阿荣博堪布

不该疏远的家

和大多数女人一样，我也希望拥有完美的恋爱和婚姻，但依然和大多数女人一样，我们注定要在这样的希求和失望之间往复轮回，执着不已。

在我二十几岁的时候，下班走在街上，总是希望江边某一扇亮灯的屋子是属于我的，哪怕再小再简陋也是个窝。我在里面好好地工作，投入地恋爱，收获甜蜜的生活。

30 岁的我终于“修成正果”。生孩子后我做起了家庭主妇，可心里总还有一些失落，还在设想如果仍留在职场自己的职位应该有多高。

后来我住上了豪宅，生活似乎一下变得复杂起来，除了忙孩子们还得顾着大房子。先生工作忙得顾不上家，我觉得我不是在享受这所大房子，而是每天蓬头垢面在家忙碌着，没有目标，更看不见未来，有好几次被误认为是家中的保姆。我和先生的关系也紧张起来，彼此都不能欣赏对方。

2000 年 11 月 20 日，一位相识多年的朋友从南方回来，带我去见她的师父。推门进入，只见一个身材高大的出家人坐在床榻上。朋友问我是否要皈依，我心想来了就拜师父呗。跟师父念完仪轨后我觉得：不过就这么简单嘛。然而从皈依至今，我内心有过无数次的挣扎和困惑，好在始终没有放弃，依然在师父的关注下缓慢前行。师父从未对我说过一句重话，反而对我每一个细微的进步表示肯定。唯一一次给师父打电话是在和先生商议离婚的时候。

那时我们双方都很有怨气，离婚事宜无法进行理智的谈判，于是我想到请求师父加持。拨通电话时师父刚从当地人家里做完法事出来，天还下着雨，信号总是断，可师父却不厌其烦地一次又一次打回来。当时我很紧张，只记得师父语气中满含慈悲地告诉我要忍耐，要忍耐。放下电话我想了很久提笔给先生写了一封信，信中没有了我一贯的强硬指责口气，而是以少有的理智与冷静和先生商量着平和分手。

现在想来这是我一生中做过的最具智慧的事情。后来我们不但没分手还因此发现了彼此的闪光点，关系变得从未有过的融洽，并学会用宽容和慈悲与对方相处。

佛法像一面镜子照出了我身上种种不好的习气。以后有问题我不再专挑别人的错，先检查自己的不当之处，这下双方都轻松了，内心出现了未曾有过的宁静和满足。阅读师父和各位大德的书让我欢喜无比。我找到了那份从未有过的从容。它不是来自物质上的丰足，而是来自一种对生命有所领悟后产生的勇气。

记得我每次看奶奶，她总是坐在背靠天井的沙发上，瘦削的身体隐没在光影中。她看似闲淡地告诉我人生很没意思，真是活够了。有一年初夏她真的服用过量安眠药走了！或许，她不明白，这就是无常的人生，即便有再多痛苦也要积极坦然地活下去！我在祖辈身上体察到人生的种种苦痛，而佛法让我在内心生起对生命的珍惜。

我这微不足道的人生，满打满算已经过半，我究竟有没有为最后的那一天做好准备，会不会恐惧，会不会遗憾？我知道看电视是很浪费时间的事情，每次开电视无常的念头就会跳出来。寒假我刚刚去云南旅行，路上两次迎头碰见抬棺的队伍。导游安慰我们说，当地认为碰见出殡是好事，但黑漆漆的棺材令我心生凉意：无常是那么的永恒。

也许很多人羡慕我过去的生活，可我却觉得这一切并不重要：我不知哪天会告别人世。物质条件不是我能掌握的事情，我不执着于过去，对未来也没有更多的妄念。我要做的是平静俭朴地活在当下的每分每秒，好好修行，让心间充满法喜，直到有一天可以从容地离开这个世界。希望我更用功，不再躲避或以闪烁羞愧的言辞向师父汇报我的学习。**最不该疏远的家，是我的自性。**

十几年前皈依之后，朋友们将要注意的事情告诉了我，因为深知自己脾性顽劣害怕破戒，所以第二天我请求师父将我从他的弟子中除名！师父没有同意，只是说我可以慢慢来。最近我有机会再次见到师父，在谈话间，又提起这一段往事时，师父击掌哈哈大笑，而我却早已热泪盈眶！

松吉召嘎

2012 年 2 月 5 日

释迦牟尼佛曾说：过去诸佛没有一位不是依靠上师而成佛，贤劫千佛也都依靠上师获得究竟证悟。如果我们有佛菩萨的智慧洞见，就会看到今生今世与上师的相逢，是我们在轮回中最圆满、最温馨的经历。

——希阿荣博堪布

今生最美的际遇

在这个娑婆世界里，纵有曲折动人的万种剧情、绵长浪漫的无数诗篇，最美的，还是找到自己的上师，并由此展开的修行之路。

记得我第一次读《米拉日巴尊者传》，毫不迟疑地相信书里的每一情节都真实地发生过。（噶举派传承上师中最具传奇色彩的，是藏族民众中妇孺皆知的米拉日巴。米拉日巴 7 岁时父亲去世。他与母亲相依为命，受尽了亲戚们的欺侮，财产被瓜分一空，生活十分艰难。后来他依止一位外道学习降雹法术，想以此法术来消灭欺侮他家的"坏人"。后他对自己的行为生起后悔心，对因果的畏惧，让他在 38 岁时找到了当时久负盛名的玛尔巴。玛尔巴经过对他 6 年 8 个月的观察与方便调伏，确信他"根器"好，可以造就成才，才对他口传了全部密法。米拉日巴按照此法修炼，终于成了可以腾空飞行、降妖除怪、具有神通的传奇人物。他的故事被记载在藏族文学名著《米拉日巴传》中，广为流传，经久不衰。）尤其读到米拉日巴寻找自己的上师玛尔巴的曲折经历，每次都感动得唏嘘不止。信心，真的不可思议，可以造就伟大的上师和弟子，这样的相遇，才是真正超越了时空和人性的局促。而我们凡夫总是要算计好了，确定四周安全，才会把自己放进去。在我复杂的人生体验中，在面对上师时，所有的算计，顿显卑劣；所有的揣测，都是多余。只有那个时候，我才能从那些重重包裹的自我中，一瞥自性惊人的美丽；也只有在那个没有任何迟疑的时刻，才是能看到最美的时刻。从此，生命里所有的时刻，只要你愿意，都可以看作上师的示现……

有时候，上师的安排也让我迷惑，但事后才会恍然大悟。我是个嗜美之人，凡事求完美，容不得瑕疵，对于美食美乐、美文美物自然都很享受，也很偏执，打碎一个漂亮的瓷杯可以心烦好几天。直到我亲眼看着希阿荣博上师常常把精美的东西随手送给别人，我都在暗暗舍不得，可上师转身依然笑得开心，那一刻，我看到所有的美物都不及上师的自在那么优美，顿时觉得够从容才够优雅，够慈悲才够美好。我也开始慢慢学习，把自己珍爱的美物拿出来做供养，一串精致的项饰、一条美丽的丝帛，不在于多少钱，而是自己附着在上面的执着和占有欲。甚至是每天看到的美景，也诚心供养上师和诸佛菩萨。

如水般的生活，每一刻，若在修行，都不空过，就算看电视，也和过去不同。原来看电视新闻都带着“看客心理”，看完内容，闲聊几句而已，好像进佛堂做功课才是在修行。而上师在知道新闻的时候，在知道发生在世界每个地方的事件的时候，每一个不同语言和肤色的众生，似乎都和上师在一起，上师认真地体会着他们的内心，并会为他们念经、祈福，甚至超度……

就是晚上睡着以后做梦，也是很好的修行机会。记得很清楚，那些远离我的人常常还会在梦里和我相见，早晨醒来，如同又一场彻骨的别离，这是修无常和出离心的好机会；同样，现在我身边的亲人，在梦里又总让我悲伤，焦急地寻找，醒来时就想起，自己是这样地执着于他们。我们凡夫的生活若没有生离死别，就没有体会无常的机会。人，大多是经验型的动物，体会了梦里的无常才慢慢接受了眼下生活的无常，而坦然接受无常是多么的艰难。

一晚，我做了一个梦，自己像鸟一样被风吹着起伏飘荡，无法左右，一会儿又梦见师父说给我传个法，名字很清楚——“大乘无量寿经”。清晨起来，我找到这部经，然后，每天开始读。即使出差我也小心地用棉布包好随身带着，晚上必是读后才睡。“上师”就是你在信仰薄弱的时候，拉你一把的“那人”！

女性的习气中嫉妒是很重的。我曾让嫉妒折磨得没有自在，虽然知道这样不好，但一时也安静不下来，苦恼中给师父打电话（每次想到米拉日巴见上师那么难，而我们总是可以通过网站或手机联系到师父，我就感受到上师无限的慈悲）。“弟子，你把菩提心忘掉了！”师父简短的一句话，顿时让我看到明月。上师是一面镜子，越是伟大的上师，他的光芒就越可以照进弟子企图掖藏着的每一个角落，让我看见自己的卑微和垢染。

当然，以后的日子并不是万事大吉，就连大成就者米拉日巴尊者也选择住在远离人群的地方，像我这天天生活在繁华城市的一介凡夫，起心动念都带着尘气，一年见两次自己的上师，清静的时光很快被身边的人和事搅动了。万幸的是我们可以联系到上师——通过次第花开网站既可以解答大家的疑惑，又督促弟子们的修行，如同在险象环生的修行路上，总有在不远处等着我的驿站，一壶热茶，一个随时接迎你的温暖身影……

以此感恩之心，祝所有的上师和弟子，圆满这一世的相遇！

希阿拉姆

2009 年 11 月 30 日

第五章　寂静生涯

所有众生都有一颗本自具足的菩提心。不论我们曾经多么贪婪、残暴、奸诈、愚昧，都从未令它有丝毫减损。它一直在那里，从未离开我们，所以修行不为再去成就什么、证明什么，而只是引导我们放松下来，慢慢去贴近本心。

——希阿荣博堪布

雪舞银迢催梦醒

一个星期天的早晨，偷懒睡了懒觉，醒来拉开窗帘，发现睡梦中外面已是白茫茫的一片，下雪了。恍惚中，我想起前几年在北京见到的第一场雪，想起那时朋友们相约在颐和园玩的情景。一切仿佛那么遥远。这是2013年学院的第一场雪。一个人披着大氅坐在窗前，不知为何，我那时想起了《红楼梦》中的宝玉，记得电影里的最后一个镜头是他披着披风跟出家人走入风雪中，从此远离尘嚣。

我现在也是出家人，告别了曾经的繁华。窗外的雪花带着我的思绪纷飞，像极了电影中的闪回镜头：繁华的街道——学院的小路；路边的阳光咖啡屋——熏香萦绕的经堂；高楼大厦——一排排的小木屋。像是两个世纪的穿越，更像是前生后世的联结。这算不算我的重生呢？

经常会有人问我，为什么要出家？为什么会来学院？其实我从来没有认真想过这些问题，今天难得空闲，让思绪也轻松地飘荡吧。几年前，听说有位北京的师兄要在成都由上师剃度出家，令我很惊讶，因为我学佛也几年了，却从来没想过要出家。那天我正好处于烦躁中，于是联想到自己这么多年没长进，就忍不住给上师拨了电话。在电话中，我随口说了一句："我能出家吗？""可以啊！"上师爽快地说道。挂了电话我还疑惑地想，我真会出家吗？无法想象，也不能想象，过后就把这事抛在脑后了。

一年后，我在北京见到上师，上师突然问我："弟子，你出家的念头是不是没有了？"我愣了，于是问："是不是在家修行与出家修行没什么区别？"上师马上肯定地说："不一样。出家能专心修行，比在家好。"回家的路上，我心里七上八下的，既感兴奋，又有些害怕，兴奋于人生将会有大的变化，同时又害怕和排斥这些变化。

几个月后我第一次去了扎西持林。上师关心地问，第一次来是不是很辛苦，还给了一些抗高原反应的药，然后问我们，打算什么时候走，几个师兄分别说了走的日子，到我的时候我随口说，我想能待多久就待多久，待到不能待了再走。上师笑着说："是要剃度完再走吗？"我说："好。"

在扎西持林的快乐是无法形容的，心情永远像高原上的天气一样，阳光明媚。有一次与上师坐在草地上，上师突然对我说："出家后要一个人生活了。"回到房间后我想起这句话，越想越害怕。

从小到大我都太顺了，事事有人照顾，一个人要怎样生活我都不敢想。那是我一生中最惶惶然的两天。如果有人问我剃度当天的感受，我只能说两个字——心慌。

剃度后的第二天上师对我说："你去学院好吗？"我毫不犹豫

地说“好”。一路上朋友们打电话给我，怕我不适应，但不知为何，一路上，我都很兴奋。

到了学院，好像到了另一个世界。那天学院下雪，穿过弯曲的小路，到了觉姆住地，木屋中炉子烧得很旺，屋子里很暖和，我也没觉得陌生，对未来充满了憧憬。过了两天，我打电话给上师汇报情况，上师在电话那边很高兴地说：“太好了。”我很快就融入了学院的学习与修行中，很充实。朋友问我这边怎么样，我脱口而出：“这是世外桃源、人间净土。”

几个月前，上师难得来学院，我特别想去见上师，鼓起勇气给上师打电话，上师没接。其实我也知道，上师肯定不会同意我去的。不接电话，是上师慈悲，不想在电话中拒绝我。

回想起第一次拜见上师，那是几年前的一个下午，听一位朋友说一位活佛第二天要在北京举行皈依仪式，我去了。那天留下的唯一印象，就是所有人都对那位活佛特别恭敬，似乎话都不敢说。我当时还觉得怪怪的，很不以为然。后来听说有放生就跟着去了，等第二次再通知我有放生时，我觉得路远，不想自己开车，就没去。

那天晚上，我正在家里舒服地待着，电话响了。我接通电话，听到声音很陌生，而且不太清楚。我又问了好几遍：“谁啊？”要在以往我可能会认为是打错的电话而挂掉，但那天不知为何，我却一直没挂，直到听清电话那边说“弟子”，我才反应过来，是上师的电话。我高兴地喊道：“师父。”紧接着上师说：“弟子，你为什么不去放生？”我结结巴巴的，一时说不出话来。

挂了电话，我想：这么多人放生，上师怎么会知道我没去呢？而且，怎么会给我这么一个刚皈依的弟子打电话呢？我此时的心既感动又有些忐忑：感动于上师会给我打电话，忐忑于没去放生是不是惹上师不高兴了。那晚我的心情一直不能平静。再后来，与上师的接触也是淡淡的，直到有一次去了扎西持林。

与上师近距离接触过后，上师的智慧、幽默、人格魅力彻底折服了我这颗高傲的心。我明白了当初人们对上师的恭敬。

飞舞的雪花伴着一阵风，将我从沉思中吹醒，一看，时间还不到一小时，很像阿底峡尊者为了让弟子明白如幻而讲的那个故事。故事的主人公，在幻术中经历了自己的一生：结婚、生子，最后孩子、妻子又一一死去。他悲伤的眼泪落入茶水中。当他从幻术中醒来，发现茶水还没凉。

我也像在很短时间里完成了人生的穿越。梦幻中孰长孰短，刹那即永恒。《金刚经》云：“一切有为法，如梦幻泡影，如露亦如电，应作如是观。”早上已醒来的我，像是又做了一场梦，还是说，我其实并没有醒来？

希阿拉姆

2013 年 1 月 1 日

很多祖师大德都说过，发心出家，仅仅向着修行的方向走七步，功德都不可思议，更何况真正出家修行，这肯定是以前行持了无量善业的结果。出家绝不是为了自己的解脱和安乐，而是为所有的众生能够离苦得乐最终成就佛果而出家修行。

——希阿荣博堪布

断舍离

2010 年初的一天，我忽然发现自己似乎具备了出家修行的条件：单身、不用照顾小孩、父母身体尚可、有妹妹可以照顾父母、经济上也有一定基础，但习气迅速否定了这个念头：我还有治病救人的“崇高事业”，亲人会因为我的离去而痛苦……

2011 年初，我看完了《次第花开》和《佛子心语》，因为这两本书的加持，我第一次下定了出家修行的决心。因贪恋红尘而罔顾在恶趣中时刻遭受无量痛苦的亲人，是何等的自私、残忍！

2011 年 5 月，在见到上师的那一瞬间，他那柔和而清澈的目光坚定了我出家修行的愿望。上师对我出家祈请的回答是：“能出家修行太好了，但你要下决心！”

是呀，相信轮回，相信轮回的苦，除了出离，还能有别的选择吗？逻辑很简单：我会死吗？死后怎么办？地狱，寒热逼恼；饿鬼，饥渴逼迫；旁生，互食或被奴役……找来找去，轮回中居然找不到一个真正的安乐处，正如教证所言：轮回犹如针之尖，何时何地皆无乐。那父母儿子家人呢？他们的痛苦怎么办？真正的孝顺，是把亲人安置在解脱的果位。《地藏经》云，“南阎浮提众生，举止动念，无不是业，无不是罪”。让父母继续造恶趣的因，这才是真正的大不孝啊！

2012 年 4 月，我和儿子拿到了暑假赴加拿大的探亲签证。这也是上师三宝加持让我出家前最后和亲人告别。

7 月底的加拿大风景如画，在度假胜地阿岗昆森林公园翠绿湖边的一个度假别墅里，我辗转难眠。和亲人告别的时刻分分秒秒地向我迫近，不忍说但又不能不说，感性告诉我这很残忍，但理性又告诉我轮回更残忍。终于，我开口了：“爸妈，这次我来探亲，是辞职过来的，回国后我想去上师的寺庙里住一阶段，调整一下心态再考虑上班的事。”爸妈的感觉非常敏锐，直接就问：“会出家吗？”我只能含糊其词：“这个难说，看缘分吧。”妈妈当场就哭了，说：“那我这个儿子，不就是没了吗？”爸爸怒不可遏，说：“你太自私了，只顾自己六根清净，根本不顾年老的爸妈，别人家的儿子买车买房，带父母这里玩那里看，我们家儿子居然要去做和尚？！”妹妹也哭着问我：“那是不是以后再也见不到这个哥哥了？”

“不是的，不是的，”我解释道，“其实这和跳槽、到国外求学一样，既不是去坐牢，更不是生离死别。”话虽然这样说，但我也知道，他们根深蒂固的观念，怎么可能在几天内改变呢？在加拿大的最后几天，家庭气氛格外沉闷。我对他们也就一个要求，暂时不要和上海的亲属说这个事。我爸冷冷地回答我：“这种丢脸的事我怎么会和上海的亲戚说？”

回到上海后，离我飞成都只有5天的时间，我迅速办理好后续的事。我知道不能拖，一拖违缘就会接踵而至。听闻过的许多例子告诉我，错过一天或许就会错过无数年甚至百千万劫。轮回中所有的喜怒哀乐我都品尝过无数次，但唯独没有解脱过。

8月13日的行程特别顺利，我在成都按照预定计划打开手机，通知上海的亲属，“我已经辞掉工作，现在成都，想在寺庙待一段时间”，并说“有可能出家”。随后关机上山。但短信每天还是要收一次，果然，上海的短信如雪片般地发过来，都是哭哭啼啼劝我回家的。看到这些短信，我心里很难受，但我已经学会了用正知正念来判断亲人的痛苦是否合理。我只能对这些亲人说：“对不起，我知道我出家会让你们流泪，但如果我放弃了这条光明大道，将会在轮回中越陷越深，我是为了一切众生能够脱离轮回苦海而出家修行的，你们的泪水，终将被永恒的安乐替代！”

8月15日下午，我见到了上师，和我闲聊几句后，上师就单刀直入地问：“今天下午就给你剃度吧？”声音不响但对我来说却是轰鸣。还好我当时头脑特别清醒，知道自己这次上山来干吗，几年的闻思铺垫，一年的突击培训，此时正知正念完全能够战胜轮回习气！再别扭，再不习惯，再陌生，只要是有教证和理证证明的正确的事，就要勇往直前地做！

我记得我当时的停顿绝对不到三秒，平静地回答上师：“好的呀。”

一个迷路的孩子终于找到了家门，苦海中终于登上了慈航，太好太好！

桑吉成利

2013年1月9日

佛教徒是决心与自己亲密相处的人。亲密相处有两层含义：一是诚实地觉察自己身、口、意的所有活动；二是柔和地对待自己。

——希阿荣博堪布

醒来

一切有为法，如梦幻泡影，如露亦如电，应作如是观。

——《金刚经》

寒冷的夜晚，30℃的小木屋里，熊熊烈火在敞开的炉膛里不安分地乱窜。我双手沾满了余烬的木灰，脸被烤得发烫。几块大个木头不一会儿就烧得干瘪了，像那饱满丰盈的青春刹那间干枯老朽。于是不得不撩开帘子取木，外面竟已然大雪漫漫，是梦中的阿尔卑斯山吗？还是瑞士的圣女峰？一丝冷风吹散了脸颊的红晕，却更加分不清身在何方。帘外雪绵绵，冬意正盎然，袈裟不耐五更寒。梦里不知身是客，一晌贪欢。流水落花春去也，天上人间。

莲师坛城大经堂喇嘛、觉姆们的唱诵声悠扬回荡，经堂里的红木雕刻、一尊尊金色的佛像，喇嘛们捧着大大的冒着烟的炭炉穿梭其中，烟雾缭绕中似乎将我带回到了久远前，除了身边的 iPhone 外嗅不到一点儿现代社会的气息。盘坐了四个多小时的腿隐隐发麻作痛，湿气和寒气无情地入侵、蹂躏着左膝，仍然坚持继续做个最叛逆的原始人。曾漂泊多年换过十几个住所，不晓得未来会落脚何处，原以为是惬意慵懒的欧洲或是静谧的加拿大，抑或是时尚活泼的香港，却从未想过有一天会来到雪域高原并在此停留……

又是那个梦，悬崖上从峰顶纵身一跃而下，疾风过耳，极度恐怖中即将血肉崩裂。但这次忽然意识到这是个梦境，顿感轻松无比，背上突然长出了两个大大的翅膀令跌落的身体开始攀升……观自在菩萨，行深般若波罗蜜多时，照见五蕴皆空，度一切苦厄。如果把光明带给海伦·凯勒，她还会是后来的她吗？如果只留给我 3 天的生命，我会成为另一个我——用最后的 3 天努力醒来，看见真理。

人性中一半是天使另一半是魔鬼，而在心灵未被净化前魔鬼会时不时出来狂舞……5 岁那年我亲眼看到一只毛色黑亮的大狗被困在麻袋里活生生被人用木棍打死，殷红的血流了一地，路过的人只是扭头看了几眼便匆忙离去。一天在院子里和小朋友玩耍，一只大公鸡一边咯咯咯地尖叫，一边伸着淌血的脖子满院子乱跑，那个处于无忧无虑的年纪的我只感觉到一丝异样的情绪，便又投入到游戏当中。长大的过程一帆风顺，却时常可以轻易看穿人性的虚伪狡诈、世界的黑暗无奈，对身边的热闹总保有一种抽离感。朋友都说我很酷，只有我知道自己的茫然和忧伤。初中早课，同学们背古诗、背公式、背英语单词，我偷偷地读课桌里藏着的《道德经》。学《论语》时被人淡如菊、坦坦荡荡、品格高尚的君子之风深深吸引，对卑躬屈膝、表里不一的小人深恶痛绝，那时菊花俨然成了我的最爱。接受西方教育后却越发迷恋中国的传统文化、中医学、风水算命、神仙之道。一次我认真地对爸妈说："我以后要去山洞里修炼成仙，这世间的一切哪比得上神仙逍遥自在。"

高中就读的基督教学校每天早上都要去礼堂唱圣诗赞美上帝。古老的欧式教堂，灰色墙壁上胖胖的小天使，主台中间上方低着头温柔的圣母，牧师沉静肃穆的脸，架起一双苍白却轻柔的手在黑白键上轻灵地起舞。我捧着一本红色的《圣经》跟随音乐唱起神圣庄严的赞美诗，一缕阳光从教堂微启的门缝中穿透进来，那一刹那恍惚中，我仿佛看到了纯洁的天使。我喜欢天使却不信上帝。几次含泪从梦中醒来，梦里的爸爸妈妈老了，病了，永远地离我而去了。我不喜欢也找不到足够的理由相信像上帝一样的一个造物主支配生命的来去，我想拿回掌控权。

英国诗人济慈本来是学医的，后来他发现自己有写诗的才能，就当机立断用自己的整个生命去写诗。投入整个生命去做一件事，多么令人羡慕。但生命的缺憾经常让我沮丧，不明就里活着的我一直被困在重重迷雾中。对哲学、心理学、科学等学科中关于生命终极问题和生活中种种现象的解答完全失望后，大二那年我终于遇到了佛法，突破重重迷雾，一丝耀眼的曙光出现在了眼前。暑假归家，一本《生命的起点与终点》出现在了我的面前，是爸爸参加内观禅修带回来的。信手翻阅，竟然，**生命是有六道轮回的，生命是由业力不由自主地投生而来的**……整个人像被电击中一般，一股暖流由头部向下蔓延，无声的泪水顺着脸颊流淌，模糊了视线，唤醒了尘封已久的记忆……

我被爸爸带去学习打坐，长期内观禅修令僵硬的身体向柔软转化，同时心也越发柔和敏锐起来，迁流变换的念头令我平生第一次亲身感受到了佛书中的“无常”。有时无法忍受的腿痛竟催化了心灵，内心升起了一丝悲悯。悲天悯人，多么美好的词汇，我喜欢。于是，购买了大量佛法书籍，每当读到有关空性和出家的相关内容时依旧不明所以地触电和流泪。恍惚中，看见隔着纱帘的远方一袭青色袈裟的清瘦背影，而那人却始终不肯转身……

英国满大街都是宣传基督教、天主教的人，时不时就有老外操着蹩脚的中文向我传教。从网上发现，牛津街竟然有个寺庙，在那里我学会了诵《大悲咒》，除此之外并没有期待中的佛法学习。一次元旦联欢会上，我看到几个身着佛教标志 T 恤的年轻人在台上表演，几个月后我还是找不到其他佛教团体，于是想起了之前那几个年轻人，尝试谷歌搜索，一下子就找到了。我打电话给联络人，并被邀请去参加周末的共修，于是我拽上了一个朋友去了他们的道场。当被询问到我是如何知道他们学会的，我如实回答后大家惊呼不可能，他们从未去过那个寺庙的元旦联欢会表演，师兄们都说那是佛菩萨的化现。我报名正式开始了闻思，以前由于缺乏次第学习和指导而产生的种种疑问在短时间内得到了解答，对闻思的热情也很高涨，经常兴致勃勃地端坐电脑前共修学习到半夜，平时也阅读五明佛学院的书籍。

世界最大的佛学院、红色海洋的喇荣沟，伟大圣者法王如意宝振兴佛教的发源地，是很多佛子心中魂牵梦萦之地。暑假前我与两位道友相约回国后结伴去朝拜五台山和普陀山。没几天我就看到了一封邮件，一位道友询问是否有人一同前往高原朝圣。顿感天赐良机，我马上改变了计划并说服之前打算去五台山、普陀山的朋友一同前往高原。很幸运的，两位同行道友之前都有去高原朝圣的经验，我一切都听他们的安排，除了去五明佛学院，计划中还有两个我以前没听过的地方——扎西持林和亚青寺。

到喇荣了，感觉脚下的大地都在摇晃。那天我们一行人正要去绕坛城，路过一栋房子时有个觉姆喊我们，询问我们是否要拜见空行母。同行的师兄问了空行母两个问题，我本来没有准备什么问题，轮到我时却很自然地问了空行母是否有出家因缘。她那深邃神秘的双眼盯着我看了许久，通过翻译告诉我：有出家因缘，但是心还没定。于是我马上接着问我妈妈有没有出家因缘，随即从手机找出了一张妈妈的照片给空行母看，翻译告诉我妈妈的出家因缘和我差不多。

在学院只停留了4天我便跟随师兄们前往下一个圣地——扎西持林。以前从未听说过扎西持林，只是翻过一本书看到过希阿荣博堪布的法相。开往扎西持林的车上师兄们告诉我这位大堪布很慈悲，风格非常自在、幽默，是法王如意宝的心子。当师兄问我觉得堪布怎么样时，我说感觉挺帅的。就这样我迷迷糊糊地跟着大家来到了扎西持林，在这里和几位师兄会合，两天后参加了其中一位师兄的剃度仪式。这是我认识的人中第一个出家的，带给了我内心不小的震动。

那位师兄出家后的第二天，我同行的道友们就要离开扎西持林前往下一个圣地——亚青寺了。我却犹豫该不该和他们一起走，考虑了一晚后我决定留在扎西持林。在之后的一段时间里我每天听法师讲课、绕山、转经筒、看书、念咒，慢慢开始了解希阿荣博上师的诸多功德，也逐渐喜欢上这个寂静之地。傍晚光明灿然的供灯台前，我至诚发愿出家因缘快速成熟，日后有能力弘法利生，令众生得到永恒的安乐。在这里听过法师的课后，我第一次真正对修持念佛法门可以往生极乐世界和精进修持上师瑜伽可以即生成佛生起了信心，种种分别念逐渐减少。我意识到这可能是即使读很多书、闻思很久也不一定能达到的。这里的加持力让我觉得不可思议。反复思考了很久，扎西持林对我来说是一个意外收获，种种迹象表明希阿荣博上师应该就是我一直寻觅的指引者。在上师要下山的前一天傍晚我偶然单独遇到了上师。我小声地对上师说："弟子想依止您为根本上师。"上师笑得很开怀说："太吉祥了！"并赐予了法名。从此，飘摇的心定了下来，修行开始真正有了方向。

那阵子国际新闻出了件大事：马航空难。空难的其中一篇报道令我唏嘘不已。乘客中有一名留洋博士趁假期搭飞机去马来西亚看女朋友，在返回北京的途中遇难。还有一位在北京刚工作不久的年轻人这次受到公司提拔去马来西亚培训，家人都为他开心不已，孰料……机上有不少都是往返于马来西亚和中国的生意人，人们怀着各种期望、计划和目的搭上这班飞机，估计在飞机上还有人盘算着下一笔生意怎么做会更赚钱，这次公干回来可能立马就会升职加薪前途不可限量，下次去马来西亚就向女朋友求婚……人生那么多期待和计划就在飞机坠毁的那一刻戛然而止，而机上的两百多个人谁又曾料到那日是他们的大限呢？没有人可以确定哪次搭飞机空难不会发生，即使空难发生的概率比车祸小得多。或许下次我搭机回国，飞机会突然从天上掉下来，在恐惧和痛苦中我的生命就此画下句点，对未来的筹划和美好期望也如梦幻泡影般了无踪迹……生命的无常和不可预测让人沮丧，一切未完成的都有可能永远不会被完成，生活如同温水里煮青蛙，我问自己：如果生命只剩下一年，或许短暂到只剩下一个月、一个星期，我最想做的是什么？

回国前所有需要处理的事情都很顺利：学校立即同意了我的退学申请；虽然房子租约未满，房东也同意我搬走；我和妈妈约定在成都机场会合后一同前往扎西持林。飞机上突然一个颠簸把我从睡梦中惊醒，睡眼蒙眬中我依稀看到那年孤身一人背着书包拖着超大行李箱的小女孩站在机场巨大的告示板下紧张地等待飞往伦敦的航班信息……这些岁月难道不是梦吗？抑或是梦里的人又做了一个梦，梦见了曾经梦里的自己……但愿，这次能真的醒来。

才让喔姆

2015 年 1 月 18 日

那些舍弃今生的修行人，他们只是拒绝继续生活在谬误里，也不想躲在别人的经验里混日子。他们觉得受够了捉弄，于是坚决远离这些骗人的把戏，开始真心诚意地去认识和感受万事万物。

——希阿荣博堪布

致我的小伙伴

许、刘、李：

见字如面。

不要吵架，排名不分先后。

世间的缘分真的很奇妙，我和你们认识十年了，高考把我们分开后，毕了业我们又不知被什么风从各地吹到同一座城市。前世因缘累积至今，形成情同姐妹的友谊。

感谢你们陪伴我度过了整个青春，现在，青春散场了。

请原谅我的不辞而别，也请相信这是我深思熟虑的结果。公司规定至少提前一个月递辞职申请，我提前了两个月。这期间，哪怕是离职当天，若有任何反悔，都可以像一切没发生一样。但是，我没有这样做。

记得我离开之前改了QQ签名：惜取此时心。如果多留意一下就会发现，这是我出远门的信号，以前每次离开这座城市，都会出现这句话，它的完整版是“明朝即长路，惜取此时心”。

我念经打坐，磕长头转山，使劲推动巨大的转经筒，兴奋地拍晴天的彩虹、白昼般的月光、清晰的银河，和老喇嘛互道“扎西德勒”，和小朋友踢足球，和搂着酥油香的小孩子自拍，用手捧着喝雪山下圣湖的水，吃酸得我面目狰狞却又无与伦比的酸奶，伴着房顶老鼠打架的声音睡去。

当你们以为我在优越的办公楼里吹冷气上网的时候，我坐在尘土漫天的甘孜街头裹着披肩用两块钱的万能胶水粘眼镜腿，不要觉得我寒酸，这有种天涯踏尽红尘的感觉；

当你们以为我在床上躺着敷晒后修复面膜的时候，我在藏式地毯上坐着，用手搓掉白天晒坏的一层脸皮，不要觉得我邋遢，这有种焕然一新的感觉；

当你们以为我在用英语和客户交流的时候，我在磕磕巴巴地跟小孩子学藏文，不要觉得我幼稚，这是被无数圣者加持过的语言。

在决定离开的这两个月里，有小李盛大的婚礼，以及多次和你们的下午茶。

能想象我是用什么样的情感面对你们的吗？

我也只是提前感受爱别离的痛苦，轮回不就是这样吗？不断相遇、相爱，不断分离、遗忘。难道你们还想生生世世感受这种痛苦吗？

是否还记得我多次说过，每次见面都是“最后一次”。

你们也可能没有觉察出来，我在离开前分别见过你们一面，平时连一周后的事情我也不会去问，但是那次见面问了很多未知的事情。我是多么想知道你们的生活是否正沿着幸福的轨迹在前进啊！我不是个好朋友，以前性格过于大大咧咧、任性骄纵，带给你们一些伤害，但可以自信地说，带给大家的大部分是正能量，也希望你们以后交往的人都能带给你们正能量，你们自己也要努力用正能量感染周边的人。

感谢你们对我信仰的理解。虽然我不停地送你们各种加持品，但不曾强烈劝你们皈依。是不是很奇怪？你们可能无法想象我内心是多么希望我们从朋友成为道友。但是因缘不成熟，强求不来，只能想方设法让你们和上师结缘。佛教徒的最终目的是让所有的人成佛。我没有足够的智慧和力量影响你们，只能做到“慎莫染污此，无垢尊贵种”，先把自己的心调伏好，让你们渐渐对佛教产生正确的认识。

你们现在对《六字大明咒》都很熟悉了，看到法王和上师的法相也能呼出尊号，拿到经书会放在头上顶礼，偶尔也主动提出去放生，还会跟周围的人解释什么是三净肉，更重要的是，你们能用一些佛法来调伏生活、工作的烦恼。有时候喝咖啡，你们还会问我一些关于少欲知足、无常法和因果不虚的问题。

我连恶趣有多苦都不敢说，知道为什么吗？《极乐愿文》上说，听到地狱的痛苦和众生的寿量，如果认为这是不真实的，仅仅是一种说法而已，其过失会比无间罪还要重。还记得有一次，我挨个问你们相不相信世界上有龙，结果没有一个相信，小许好一些，她的答案是，不想相信。

看到你们有时因物质上的不满足而心生烦恼，见面时我就故意拿着《亲友书》的颂词，宣说“佛说一切财产中，知足乃为最殊胜，是故应当常知足，知足无财真富翁”的道理；有时候讲解华智仁波切“有三匹马就有三匹马的烦恼”的公案。看到你们因人际交往而生气的烦恼，如果是嗔心，应想想人和人的相遇已经那么难那么短了，哪里还有互相埋怨互相仇恨的时间呢？况且，当你抱怨自己运气不好遇到糟糕的人时，别人也不是无缘无故进入你的生活，有没有想到这也是自己的因缘呢？

有次我提到感恩上师的教化，你们也纷纷跟着感恩，说："上师不仅救了你，也救了我们，你信佛之后再也没欺负过我们。"虽然是揶揄打趣，但也是对我转变的认可，让我增加了对上师的信心。

下面的话，更是肺腑之言，每一条都能保证你们生活得安乐。

第一，不要伤害众生。生活在环境优美的海边，是福报没错，可也是伤害众生恶业的同行等流果，这个词有点专业的感觉是不是？其意思是，根据因果规律之一，经常伤害众生的人，生生世世都会伤害众生，而且比较容易具足伤害众生的因缘。恳请你们尽量不要伤害众生好吗？

以前你们邀请我外出聚餐，我想去也不想去。不想去是怕耽误做功课，想去是在一起你们就不会吃海鲜，不会点杀。我是多么希望你们能够主动断除杀生啊！

不是因为我是佛教徒才这么说的，因果法则是自然规律。哪怕是从自身健康的角度也请多想一想，境界再高一点，就是为了自身的生存。我知道目前来说是有些困难，但是难行却也能行，我以前不也是无肉不欢的人吗？初一、十五给你们发吃素提醒短信，虽然经常会收到你们"不小心咬了一口肉包子"之类的回复，但还是希望你们能够定期吃素。此外，如果你们哪天想参加护生，我会帮着联络的。

第二，不要说脏话，不要给人起外号。这个建议是不是很突兀，很不起眼，很莫名其妙？我看过有一部经典叫作《百业经》，是由一百多个公案组成的，很大一部分都在讲骂人、给人起外号的真实果报，真的很可怕，我们确实需要谨慎行事。每次做忏悔业障的功课时，想到自己以前说过的脏话、给人起过的外号，都后悔得不行。在城市里生活，周围环境如果很糟糕，真的很容易学到一些坏毛病，似乎不跟着说一些哗众取宠的脏话就显得很土气、很不合群，不要这样想。什么叫“祸从口出”？也不要觉得很约束，其实断除了说脏话的心，这种话自然而然就不会再冒出来。

第三，遇到困难，请真诚地寻求上师三宝的加持。给你们讲一件事。前段时间我大学同学的妈妈突发急症，要住院检查，头一天问我怎么办。我就推荐她向僧众求助，第二天她妈妈做完检查，各项指标正常，医生放弃了住院的建议。后来她很感激我。我说，其实，我应该感激你：末法时代，你遇到困难时会想到向上师三宝求助，这让我很感动。

遇到困难时，请你们相信我，真诚祈祷上师的加持，上师是殊胜的无欺之处，违缘会得到遣除的。当然，大大小小所有事情都向上师祈祷更好，最好是皈依。我相信会有这么一天，你们都能做出明智的选择。

第四，如果上面的话你们都认为是废话，也无所谓，但是下面这条建议请一定要接纳，即关于怎么死。我知道你们之中有人极力避讳这个话题，有人感到恐惧，有人觉得尚早，但它始终都没办法逃避。

我们相识一场很难，比咱们能想到的极限更难。而分离却很容易，就像太阳下面的细小尘埃一样，不知道什么莫名的力量就会把它们吹得相去甚远。你们说不喜欢分离，我也不喜欢，可是即使没有生离，还会有死别。我们最多在这个世间待几十年。然后呢？上师说：“你如果真心对谁好，就让他学佛，发愿一起往生净土。”我这个人虽然毛病一大堆，但对你们都是真心实意的。记得上学时我经常给你们推荐书，你们总是不屑搭理我。我之前是很喜欢唠叨，你们耳朵也对我免疫了，但是这件事务必听我的。这个极其重要的建议就是——去网上买一本《生命这出戏》，能看懂多少看多少，尤其是“同生极乐国”这一章。

我们这个世界叫娑婆世界，“娑婆”的意思是有缺憾的不完美的。另外还有个世界叫极乐世界，你们可以按字面意思去理解。这个世界的教主是阿弥陀佛，以他的愿力，这个世界非常完美。这样的世界，怎么去？会不会很难？那么就去阅读“同生极乐国”这一章。其中，上师还讲了很多方法。需要说明的是，不要以为我在说神话故事，也不要怀疑极乐世界的存在。感兴趣的话可以阅读《往生录》，古今中外，佛门中的不说，还有很多我们熟知的名人都一心前往极乐世界。曾有个大成就者叫作乔美仁波切，他不舍肉身前往极乐刹土，还带着母亲等家眷以及狗狗一起走了。他写下一篇《极乐愿文》，其中有一句偈颂曰：“愿天眼明见，生前友侍徒，加持并护佑，亡时接彼刹。”

无常迅猛，今生我们有没有再见面的机会也很难说，但是我们可以再次相遇于极乐世界。当莲花绽放时，相视一笑，互道：“你也回来了。”

最后，写下一首打油诗，与君共勉。

山中不知岁月久，
娑婆逆旅又一程。
此身尽了归何处？
同登极乐悟无生。

拥措卓玛

2013 年 8 月 8 日

人与人之间的缘分，对于大乘修行人，无论善恶缘，到眼跟前都是同证菩提的缘。

——希阿荣博堪布

一位母亲出家前给儿子的信

孩子，妈妈就要远行了，在即将启程之际，妈妈有许多话要对你说。你还小，可能还没有耐性将很多话听完、记在心里，所以妈妈将这些话写在纸上，希望它们相伴你一生，并指引你走向光明之路。

你现在刚上初中，正值少年时期，以后会逐渐走向成熟，历经高中、大学，然后步入社会。能够拥有一个健康的身体、聪明的头脑，特别是能够听闻一些佛教的知识，会使你一生幸福。要珍惜现在的健康、幸福，韶华易逝！怎样才算珍惜呢？一生为人善良、谦和，永远不要计较个人得失，坦然面对生活。你在学校是班干部，要以温和的方式对待同学，不要嗔恨任何人，不要把不愉快的小事记在心里，永远不要！要温和、谦让，用智慧行事，培养完美的人格。对待爸爸等长辈，一定要孝顺。爸爸工作很辛苦，他背负着你将来的全部生活。你应该关心他的身体，多做家务，多替他分担一些精神上的压力。对待亲人要不离不弃！

其实人生很短暂，随着时光的流逝，爸爸、奶奶、姥姥都会变老，会离你远去。万事万物，也都在变：当你拿出小时候的照片看时会想，怎么一点也不像我，于是怀疑“他”是不是“我”？但那就是曾经的你。再隔几年，你还会长高，样子也会变，会跟现在不一样；而故地重游，也会因事过境迁，而让你感觉恍若隔世；每天看新闻，会看到在各个地方，有灾难，有事故。这样的事情会不断地重演，这就是无常。在未来的生活中，你会随时感受到无常。你准备好了吗？知道了无常的道理，你是不是还能坦然地接受一切？就像妈妈不在你身边，你也一样理解，一如既往地爱妈妈。你永远是妈妈的好孩子！

妈妈是希望更多的孩子能够幸福，才要暂时离开你。妈妈的身体虽然不在你身边，但心永远跟你在一起——你是不是一想到妈妈，妈妈的形象马上就会出现在你眼前？

你看到过很多流浪的小动物。还记得我们家的那两只小狗吧，当初如果没有把它们捡回来，也许它们现在已经因饥饿和寒冷而死在荒郊野外了。而世界上还有多少动物的生命，仍在遭受人为的践踏。仅靠我们，又救得了多少呢？答应妈妈，永远不要伤害动物。看到较弱小的动物时，你要想：它就是妈妈，是妈妈在外面流浪，是妈妈在遭受痛苦。也许这样说，你会感到很深奥。实际上很多人的生活，包括妈妈，也许还不如动物——每天辛苦地工作着，为了吃饭，供房子，买车，应付可能发生的疾病……而你，每天还要听老师和爸爸的唠叨！你所面临的学习压力，哪一件事情是可以由自己做主的呢？哪一件事情是自己喜欢做的？

你要走的路还很长。而你的未来，取决于你现在的一举一动。如果具有开朗的性格、永远保持现在的善行、不吸烟不喝酒、总想着让更多的人得到好处，你将一生拥有幸福。记住，不要计较个人得失。如果你凡事计较、在意，结果则会适得其反，不但会产生更多的烦恼，还会损害身体健康。尽量帮助别人，为他人着想，这样的人永远都会快乐！不要做恶事，也不要讲粗口，要做一个素质优良的人！妈妈相信你能做到。妈妈知道你不喜欢吸烟和喝酒的人，等你长大了也要保持优良的习惯！

妈妈的命运，曾经从平凡转向高潮，又由高潮跌至深谷！你知道妈妈经常在次第花开网站看希阿荣博上师的开示和文章，皈依希阿荣博上师，也改变了妈妈的一生。我不但得以平静地度过那段困难时期，而且感谢那些曾给予我逆境的人。佛法很殊胜，佛法是开启我们智慧的明灯。妈妈一生做了多次抉择，也只有这次，才真正让我走向了通往光明的大道！为了你，为了所有众生能看到光明，妈妈决定暂时离开。

我留下了几本书，有《普贤上师言教》《次第花开》《释迦牟尼佛广传》。也许有点儿难懂，但多看几遍会懂的。这是妈妈的要求！也要多上次第花开网站了解信息。

拿出妈妈给你的信，见到信就像妈妈在身旁。妈妈会像信上承诺的一样，鼓励你，支持你。一切都会消失，成为过去！早晨醒来，看一看窗外的阳光，妈妈就在你身边！

成利琼措

2010 年 8 月

第六章 山上很美

有人说，藏族人生活条件那样艰苦，虔诚地信仰佛教并没有让他们的社会更发达，生活更富足。可是在我们心里，发达社会的标准不是物质繁荣，而是平等安乐。生活富裕却不快乐，不是幸福的生活。在佛法中，我们学到的便是让今生来世平等安乐的方法。

——希阿荣博堪布

我的香巴拉

我坚持认为，扎西持林是南瞻部洲最美丽的地方。

我不想描述：在清晨，云雾缭绕着众山，饱含露水的野花静静地绽放；在白天，碧蓝如洗的天空下，红衣的喇嘛与青山相互映衬，五色的经幡在风中飞扬；而在夜晚，满天的星星在夜空中闪着晶亮的眼睛，守护着沉沉睡去的生灵。

扎西持林的美是超越于文字的，只有去过才能体会得到。它是我心中的净土，我的香巴拉。在扎西持林的日子，我有更多的机会亲近上师，感受上师的慈悲。

2005 年 6 月，新的拉日佛塔建成并举行开光法会。许多大成就者都曾授记：若能在此建起一座规模较大的佛塔，必将成为教法兴盛的殊胜缘起。

我与一些师兄们同行，在法会开始的前一天晚上才到达扎西持林。已经是晚上 9 点了，希阿荣博上师坐在院子里的草地上等着大家。很长时间没见到上师，夜色中看不清上师的面容，却惊觉上师嗓音嘶哑，几乎说不出话来。后来才知道，上师身体不适已有时日。但上师仍然坚持安排这一行人的住宿，安顿下来后让大家到佛堂集合，交代法会的注意事项。上到高原的第一个晚上，高原反应最为强烈，再加上旅途疲劳，众人都早早地休息了。

早上起来后，发现上师早就在外面，忙着安排法会的事情。有位师兄高原反应强烈，上师还抽空去她住的房间看望她，鼓励她尽量去参加法会。上师的眼眶黑黑的，我问上师休息得怎么样，上师说“还可以”。但是我事后才知道，上师前一天晚上整夜没睡，一直在佛堂打金刚结，准备法会的时候分发给信众。

人们穿着节日的盛装，沿路点起松枝，僧众们也披上黄色的法衣，排成队伍迎请上师。上师还没到，就已经有人对着法座顶礼。上师总是谦虚地说自己只是一名普普通通的堪布，平日对弟子也很随和。我皈依时，对藏传佛教、喇荣五明佛学院基本没什么概念。到了之后，亲眼看到僧众和当地人对上师的恭敬程度，才“猛然醒悟”——原来我的这位上师是一位很受尊重的高僧大德。惭愧之余心中也不免窃喜。

虽然希阿荣博上师事先要求我们这些汉族弟子在法会期间老老实实地待在帐篷里念经，不要到处乱跑，我还是忍不住跑出去，与当地人坐在一起。上师讲法的时候似乎永远都不会疲倦，可以连续说很长时间。当地人时而用心地倾听，时而开怀大笑。虽然我一个字都听不懂，却能感受到大家的喜悦。上师声音嘶哑，但还是大声带领大家念诵。远远地能看见上师趁着间隙，用润嗓喷雾缓解一下疼痛。第一天法会结束，回到扎西持林的时候，我对上师说：“您说话时不要那么大声，不然嗓子好不了。”上师回答：“我已经习惯了，一讲法我就这样，改不过来。”接下来的几天，上师都是这样，嗓音嘶哑地为众人传法。其实每一次、每一天，上师都是这样，用尽他全部的精力利益众生。

黄昏的时分是那样惬意，上师坐在草地上，边吃着晚餐——一碗汤面——边和弟子说笑。紧接着又开始准备第二天的事务。前一个晚上的彻夜未眠和整个白天的劳累似乎对上师没有任何影响。上师仍然是那样自在安乐，充满活力。

夏天的高原好似一幅油画。青山连绵起伏，溪水缓缓流淌，牧民牵着马匹慢慢走过。时间仿佛停止了，我在宁静中忘却了尘世中的一切，享受着当下的快乐。阳光下的白塔那样庄严，上师的声音通过扩音器在空中传送，伴着风的声音。孩子在母亲的怀抱里睁着眼睛东张西望，老人摇着转经筒咧着嘴笑。我不禁想起《佛说阿弥陀经》中的词句：“舍利弗，彼佛国土，微风吹动，诸宝行树，及宝罗网，出微妙音，譬如百千种乐，同时俱作。闻是音者，自然皆生念佛，念法，念僧之心。”

原定三天的法会，延长为四天。依于某些殊胜缘起，上师决定为众人进行四臂观音灌顶。这里是观音菩萨教化的道场，在象征佛法兴盛的拉日佛塔前进行四臂观音灌顶。我猜想，这一定是吉祥再吉祥的缘起了。

参加灌顶的信众有近万名。前面的仪轨完成后，众人习惯性地往上师的法座前挤，以获得佛像和甘露水的加持。上师笑着挥挥手，让大家都坐下来，一排排地坐好。原以为其他活佛堪布会到众人中来给信众完成这部分仪式，然而，令我们吃惊、更令我们感动的是，上师走下法座，亲自为现场所有的信众一一加持。

那是很长的一个队伍，大家坐在自己的位置上等候。上师则弯着腰，在队伍中走动，用手中的佛像为众人轮流加持，偶尔才直起身，擦擦额头的汗。但上师显然很开心，始终在微笑，他那坚毅的面庞焕发着慈悲的光芒，温暖着每一位众生的心。

灌顶结束后，众人开始散去。上师独自走向他的帐篷，脚步有些疲惫。有人拥上前，围住上师，再次要求上师的加持。上师依然微笑着，为他们一一摸顶赐福。第二天，我悄悄地问上师："让别的堪布活佛做就可以了，为什么要亲自给近万名信众一一加持呢？"上师说："他们有的从很远的地方来，都想得到我的加持。我能做到的，就尽量满足他们的心愿。"

法会结束后，正当大家收拾帐篷的时候，突然下起了暴雨。有师兄戏言，忍了好几天，龙王爷憋不住了。突如其来的暴雨让大家措手不及，大家赶紧将外面的坐垫搬到帐篷里。忽然一个高大的身影跑进我们的帐篷，他把手中的卡垫往地上一放，还没等大家反应过来又跑出去了。原来是上师在帮着僧众一起搬运物品。大家急忙追出去，请上师先回扎西持林休息。上师的外衣这时都已湿透了。好不容易被劝上了车，上师忽然又跑下来，把大家回去的车辆都安排妥当，这才离开。

狂风暴雨过后，一道彩虹横跨在雨后的天空。札熙寺的住持——亚玛泽仁活佛开车送我们回扎西持林。望着高原上的风光，我半开玩笑地说："您就一直开车把我们送到极乐世界吧。"亚玛泽仁活佛笑着回答："这里不就是极乐世界吗？"

希阿才措

2007 年 4 月

密乘第一条戒律，就是树立学佛的无上正见，并永远不要舍弃这个正见。这个正见，就是将一切事物，包括我们能看到的，不能看到的，全部观为清净，一切都是佛的坛城……不舍无上这一条，是执持一切誓言修行的命根，请一定要注意。

——希阿荣博堪布

此地一尘不染

初到扎西持林，上师赠《南亚出行记》并嘱细读。次日，我独问师，何为“清净观”。师笑言：“明天跟你讲，弟子。”可直到临行，师不曾再提及。自此，我常念及师开示的“清净观”。起先，我以为“清净”是好的意思，几年以后，我觉得“清净”大概是平等的意思。但终不过是蜻蜓点水，未有深究。

今夏临飞成都往扎西持林的前一晚，我在整理书柜时无意中又看见了那本《南亚出行记》，不由重读起来，为的是找师宣讲的“密乘五戒”，特别是第一条“不舍无上”，里面包含着我曾问过又常思而不得其意的“清净观”。师道：“不舍无上这一条，是执持一切誓言修行的命根……”我想，净地之旅，我须得将此记挂。

炎蒸的酷夏到了高原便似化作了青峦中的秋凉。时密时疏时停的雨伴着日起日落，穿梭在本已很和美的空气里，把扎西持林映照得清丽异常。每天晨起，我总沿着青青的长坡往白云底下翠嶂之前那新起的绛红色茅房去。景致中的茅房虽新，里面却已显茅房的相了。对着脚底下的污秽，我常会揣度一下那个“清净观”，又想古德所说的“大便里亦有佛”是否同出一辙？

有一天，上师对众开示时说，扎西持林是一个非常清净的圣地，大家不要妄起分别，说是道非。我以为师说的是别人。但不久，我发觉自己的念头在渐渐变长，身处寂静之地，心却比之在家还要喧闹。

佛在《四十二章经》中说人有二十难，后面的十五难分别是“……忍色忍欲难，见好不求难，被辱不嗔难，有势不临难，触事无心难，广学博究难，除灭我慢难，不轻未学难，心行平等难，不说是非难，会善知识难，见性学道难，随化度人难，睹境不动难，善解方便难。”不知不觉中，我便在那些“难”上和更多的“难”处起心动念，做起活计。

由于修行了一段日子，自己能对念头行止看得比以前明了些，但因未在破相破执上用功，故一面诧异寂静之地为何杂相纷呈，一面又苦自己欲不为所动，却力不从心，于是便觉心欲近道，反被其累，烦恼上又添了一段烦恼，真所谓不能直下承担。

一日下午，闷闷不乐的我翻阅起从图书馆借来的《憨山大师自传》，不多时便读到大师33岁夜梦兜率天弥勒阁的记述。大师在梦里于无极虚空中初见弥勒殿阁时，如是叙道：“予心谓金刚宝座，其阁庄严妙严不可思议，予欢喜欲近，心中思维：如何清净界中，有此杂秽耶？才作此念，其阁即远，予复自思曰：净秽自我心生耳，其阁即近。”后又梦闻慈氏说法曰：“分别是识，无分别是智，依识染，依智净，染有生死，净无诸佛。”读至此，我心下颇有触动。

当日黄昏，我在上师院外偶遇师，师问我可好，我说：“还好，就是念头不好。”师说：“你要控制一下自己的念头，这里人多，有些行为你可能看不惯，可能你的烦恼也会多一些。”我过后想，怎么控制呢？记得有一天黄昏，同几个师兄一起随在师后转山，师行至大转经筒处便开始转经，转至我近旁时，我听见师在念百字明，莫非师要我多忏悔？

师下山后，我虽则忏悔，仍烦恼炽盛，故常思下山。我不再记挂“清静观”，只觉眼目中一切均是因住山而起。上课的法师则说，“烦恼妄念初生时，即刻铲除佛子行”，在圣地修行，忏悔也是功德。的确，在山上的后一半日子，我主要修的是金刚萨埵，只是不明白自己错在哪里。

以前在香港的时候，有一阵子周末常去坐落在大屿山的宝林禅寺。禅寺没有车直达，由近码头的一条山道步行个把时辰才能到。一径之隔，天地之迥。外面熙熙攘攘，山径却青绿幽寂，鲜有人迹。走过一程便到山门，中横着“东山法门”，侧题是“到这里一尘不染，行将去利济群生”。我当时以为，非此出行，莫能躲去港岛的喧扰。一晃多年，此心依旧。

我遇见师的那天黄昏，师要我回去后写篇扎西持林的感想。现在想来，师是要我好好反思如何才是真用功，而因着时间和距离，有些事也才能看明白些。师在七月天里的微博中曾写道：“佛法大海，信为能入，智为能度。信什么？……信生佛一体，心佛无二。信自性清净，能生万法……”若真信，自家心地，何苦外求？**自己只在知见上作功夫，“知是空华，即无轮转”原来不是想的这般简单。**

"自性众生无边誓愿度，
自性烦恼无尽誓愿断，
自性法门无量誓愿学，
自性佛道无上誓愿成。"

贝玛拉嫫

2012 年 10 月

生活中遇到的所有人、事、物，哪怕是刚才拂面而过的清风，或是路边的一草一木，都带着上师的气息。在我们感知它们的开放、温柔的心中，有着上师引导我们一路走来的印迹。这时，我们才真正体会到上师的加持的确无所不在。

——希阿荣博堪布

山林寂静　一心调柔

落笔之时，人在北京。帘外雨蒙蒙，不远处的霓虹灯在水雾弥漫中若隐若现，渲染着都市的仲夏气息。雨帘敲窗棂，也拂掠心扉，不禁想起另一个会忽然下雨的地方——扎西持林，我魂牵梦萦之所在。

豁然开朗现桃源

这是我第一次决意前往扎西持林。藏历木羊年五月廿三，阳历2015年7月9日，动身踏上了朝圣之旅。并未刻意安排，当天恰巧是我的生日。所有偶然都必有深意，是谓缘起。

坦白来讲，起初并未想清楚为何出发，似乎是被冥冥中的力量推着迈开步履。航班在首都机场晚点到深夜，我徘徊在落地窗前，望着一架架飞机起落，心绪交叠。接下来，会看见、听见、遇见什么，皆是未知。

清晨抵达康定，即马不停蹄换乘汽车。山路崎岖，在弯折中延伸。窗外的风光美不胜收，只需一瞥便让人无法忘怀。晨光熹微，云霞明灭，层峦叠嶂伴随光影流转。青草漫山遍野，黛色群峰皆披翠绿。山坡上偶尔可见牦牛和马驹，以及三两个怡然的牧人沐浴着朝阳。

七八个小时后，天边暮色西沉，游者变作归人。一位师兄兴奋地说："绕过这座山，咱就到家了！""家"，这个字眼刹那间攫住我心。你我都是这娑婆世界的浪子，纵有广厦万间、财色名利、蜂围蝶绕，难得一颗安顿的心。回家，不是晚上睡在哪里，而是把心安在何方。

错落有致的庙宇渐次映入眼帘，金顶红墙映衬着夕阳余晖。高山草甸弥漫至天际，紫、黄、白的小花间杂其中。虚空静默，温柔笼罩着天地。

此番场景，让人不禁联想到陶潜笔下的世外桃源。时间静止了，亘古永恒。我没有任何怀想，也没有任何情绪，整日纷纷扰扰的念头竟全部止息了，只剩"放空"二字，天地也空，人心也空。外境与内境相应，庄严宁静。

人面格桑相映红

我一度为追寻安乐而不得安乐。

山里平凡的人和事，却如清晨晓钟，悠悠叩击昨日无明，揭示着大繁若简、大朴若拙、大智若愚的道理。

某个黄昏，我在后山邂逅了一位藏族老喇嘛。他从一幢小木屋走出来时，我正坐在门前思虑万千。看到他，我站起来合十行礼。

他抬起衣袖与我问好，布满皱纹的脸上露出真诚笑容，如若春风。由于语言不通，我们只打过照面就各自离开。尚未走远，他却突然转过身来叫住我，笑盈盈地招手，示意我到其身边。他从宽大的僧袍里掏出一个小布袋，倒在我手心——是甘露丸。我非常惊喜，感到了不可思议的幸运加持，愁云顿扫。老喇嘛仍旧笑着看我，一言不发，目光慈悲而柔和，清冽而深邃，似乎能够洞悉人心，并用简单善巧的方式为我化解忧郁，给予喜乐轻安。

藏族人的那种笑靥，我很少在城市里看到。淳朴得散发泥土气息，干净得不染一丝杂质，真诚得让人毫无防备，同时又带着几分孩子气的羞涩，无论老少、男女、僧俗都是如此。其中有个小姑娘让我十分难忘。她总是披着乌黑的长发在山间雀跃，显得很活泼，在人群中又怯生生的。有一次绕山，她走在前面，时不时回眸冲我笑，特别好看。我也忍不住一次次笑着回应她。后来临走前，她腼腆地跟我说："姐姐，你长得很像格桑花。"我从没听过这样独特的形容，却感受到了她纯纯的喜爱与善意，心里倏尔变得柔软轻盈，好似真的盛开了一朵雪域格桑。

云烟影里见真身

明陈继儒语："云烟影里见真身，始悟形骸为桎梏。"意思是说，在云影烟雾中领悟到真正的自己，才开始明白肉身原来是拘束人的东西。

晨间，扎西持林总是雾气升腾。远山穿上了乳白色的轻纱，云烟轻轻翻卷，似少女的身姿般曼妙。凉风润泽，庙宇楼阁若隐若现，犹如佛国仙境。

随着旭日渐渐升起，云雾便在很短的时间内消退无踪。清晰的景象与此前幻境颇为不同，山林迫近，霞光遥远。被遮住的事物纷纷呈现出来，山下的村落、山麓的塔寺……

无常相随，天气莫测。方才还是晴空万里，转眼就能下起雨来。我总忘记带伞，于是常被雨淋。雨中的扎西持林清冷、静默、古朴，荡涤佛子们身心的尘埃。一次雨后，我看到绚丽的七彩虹挂在半空中，兴奋地回房转告同伴，待再次出门想要拍照留念时，彩虹却已非常寡淡，不久便消散无形，化于虚空。

入夜的扎西持林雾霭重现，恰如古诗《山寺夜起》所描摹："月升岩石巅，下照一溪烟。"离开那天的凌晨2点，我孑然立于山中仰望苍穹，满天繁星，明暗远近，鲛人泣露，珍珠铺盘。银河清晰可见，像系在美人腰间的乳白绸缎。这是平日在城市无法见到的盛景，佛前风静月朗，让我几乎落泪。

遥想宇宙，内视生命。**人无非是站在其中一颗平凡星星上的渺小个体，极广大与极细微，本就无二无别，何必执着？**一切有为法，如梦幻泡影。如露亦如电，应作如是观。

任是无情也动人

"任是无情也动人"本为唐诗，指羡煞牡丹冷艳；也是《红楼梦》中薛宝钗的一句卦辞，大意是说纵然表面淡漠，凛然不可接近，却也能打动人心。

扎西持林的僧人也曾经在红尘中演绎着不同的世间角色，有过眷恋与情执，有过痛苦与觉受，直至因缘成熟，生起出离心，终剃度出家。

从此，万千华服简化为一身绛红色僧袍。繁花落地，铅华洗尽，外在享受和物欲都降至最低，唯有心中法喜增上。裹进僧袍的出家人庄严、缄默、克制，伴着经语与木鱼，在寂静的深山中日日夜夜精进修持。他们像走过洪荒的行者，放下了小我，却生出无上无量的菩提心，誓愿救度众生离苦得乐，解脱轮回，究竟成就。

问一位师父出家的感受，他直言，太快乐了，从未有过的快乐。我疑问，在世间面对诱惑也能考验自心，为何选择出家？他说离开纷繁，更易习得定力，利于专注修行。想起上师在《透过佛法看世界》中谈到“这些干扰，在家有，出家也有，关键看你自己能不能舍离”。

一位小法师给大家讲课，旁征博引，深入浅出，着实精彩。师兄们私下和她聊天时开玩笑：“大家都很喜欢你，很多人都成了你的‘粉丝’呀。”她闻言，没有太多表情变化，温暾浅笑着回应：“有句老话——名声渐渐起，福报渐渐消。”

智慧蕴于细微，在不经意间四两拨千斤，点醒梦中人。大千世界诸众生，沉溺、驰求、执着，鲜有人探寻真相与真理。红尘虚妄，金钱、名声、地位、情感等等，并非恒常也并非实有。

出家人眼底冷淡看似寡情，其实有着温热仁厚的心，隐于山林却牵念尘间众生的悲欣。我不禁怀想，若因缘际会，也求一氅僧衣披了吧，醉卧山间草甸忘却尘寰，冬日煮雪烹茶，夏看清泉流淌。

一点云堂优钵影

《小窗幽记》有言：“见澈性灵，一点云堂优钵影。”其义如是，若想对人性和智慧得到透彻的领悟，只要看看佛堂里的青莲花即可。

莲师坛城耸立于山坡，巍峨大气，肃穆持重，如如不动，透出神秘庄严的气韵。金顶和祥云相映成趣，自在无碍。在藏语中，坛城指密宗本尊及其眷属聚集的场合，圆备众德，聚集十方三世诸圣于一处。它几乎可以表示所有事物：人的躯体、寺庙王宫、城池大陆，或是一个念头、一场幻境，既是永恒又是万有，包容着宇宙人生的广大密意。

金刚萨埵法会的灌顶就在这里举行。几百名弟子有序进入，善男子、善女人一时间充满了坛城。穹顶和四壁密布着彩绘，香雾缭绕于整个大殿，让人仿佛置身西方极乐，五蕴皆空。希阿荣博堪布坐在高高的宝座上，法相庄严深邃，目光慈悲柔软，与真正的佛别无二致。我仰望圣者，仿佛嗅到了一池莲花尽数开放的馨香。

灌顶的仪轨很长，弟子长久沉醉于上师的诵经声中。他的嗓音浑厚深挚，嘹亮非凡，可以穿透所有障碍直抵心扉，温暖又清透。我坐在离上师最远的角落，竟感到与他完全相融相应，没有丝毫距离。忏悔着自己无始劫以来造作的诸多恶业，悲悯着众生在无尽轮回中漂泊的灵魂，我在不知不觉中早已泪流满面。

每日在文殊殿共修，唱诵《金刚萨埵心咒》是重要的功课。我曾愚痴，以为念咒简单枯燥没什么意义。直到有位师兄说，这是摄心的功夫，**在一遍遍重复的过程中，可以把平日繁多杂乱的念头收回来。**我惭愧自己一身浮尘散乱，方才逐渐体会到了座上持咒的妙义，置心一处。酥油灯明灭，晕染着微黄檀色，观之入定。

转山转水转佛塔

摇动所有的经筒，不为超度，只为触摸你的指尖；

磕长头匍匐在山路，不为觐见，只为贴着你的温暖；

转山转水转佛塔，不为修来世，只为途中与你相见。

这几句摘自六世达赖喇嘛仓央嘉措的佳作，是情歌，亦是道歌。凭栏扎西持林，我共鸣着他的字字珠玑，那优美空灵的哲思与诗意，恰似东山山上月，轻轻走出最高峰。

佛法修持八万四千法门，转山为其一。当我不断拾级而上，体会着身体跋涉的苦楚，也感受到灵魂的淬炼，心境愈加澄明宁静。一路风光旖旎，瑶草香花点缀着山坡，五彩经幡迎风摆动，大大小小的白塔矗立起来。有一回转山，我有幸邂逅了亲爱的阿妈（上师母亲）。老人八十有余，精神矍铄，微笑俯首缓步而行，宽厚和煦的气韵可平视山峦，相看两不厌。

山上有许多转经筒。据说，最大的装藏着430亿观音心咒，转上一圈便有无量功德。一个雨过天晴的午后，我和红叶师兄慕名前往。碧空如洗，阳光倾洒在高达数米的经筒上，周身雕刻的经文闪烁着耀眼的金色佛光，映照着凡夫俗子心底的所有昏暗角落。我躬身闭目，一圈圈缓缓绕转，好似安住在寂静百花深处，如梦如幻，如痴如醉。

山巅有亭，端立法王如意宝的圣像，加持着宝地。我和过往的善信们一样，情不自禁匍匐在智悲如海的尊者脚下。弟子不敢靠得更近，只是遥遥仰视一眼，佛的余光便给予了足够的温暖慰藉。近旁的三座文殊菩萨雕像，精妙而静美，恰好映衬着彼时的太阳，一圈完满的虹光自在如许，圆融无碍。

山有山的威仪，佛有佛的密意。弟子稽首顶礼，唯有虔诚的信仰能助我们无畏前行，破除贪嗔痴妄疑，了知般若和空性，脱离轮回。

皈依三宝皈依师

忆念上师，竟觉词穷，无处着墨。

我何其有幸，能够皈依上师三宝，如同森林里迷路的旅人看到点灯的木屋，沙漠中穿行的驼队发现丰饶的绿洲，旷野上孤苦漂泊的孩子被拥抱在怀，弟子在苍茫的人间值遇大恩根本上师，灵魂从此有所依怙，惶惶化为心安。

载世间微殇之舟，泛波佛陀愿力之海，慈悲乃摇曳的涟漪，般若是拂面之微风，上师的莲花座赫然入真。在扎西持林，我挤在人群中，忍不住又一次皈依三宝。上师问为何，弟子没作答，只是在心里惭愧着往昔的涣散不定。师父爽朗地笑了，那笑声极有感染力，能扫除一切浮世的荫翳，至今仍时时回荡在我的耳畔。

离开之前的黄昏，我到上师的院子里拜别。草地上，两只可爱的小兔在玩耍，争相亲吻着一朵白花。师父背窗而坐，披着一层暖融融的金光。上师的眼角已有岁月痕迹，我宁愿相信那是优昙花自然的褶皱，蕊间含香。他的神态如此优雅，檀香轻烟之间是真清净与大自在。

他把宽厚的大手放在我头顶，久久摩挲着，温柔地叮嘱和鼓励着我："你的苦也是我的苦，你的局限也是我的局限，而我的愿，我的修行，我的清净善业也指向你的安乐清凉。"弟子粗陋体会着他万分之一的慈悲，深深感动着，亦发愿为上师广博的事业倾力，弘法利生。

素手交握，掌中念珠慢慢拨动，每一缕空气都可拈作梵语。忆起上师的开示：**"浮躁时代，唯有寂静调柔的心让人真正信服。"**扎西持林的时光，让我飘忽的心真正沉淀下来，向外驰求的目光开始向内审视，妙悟到从未有过的轻安、自在、宁静、欢喜。

悦颀合十，祈愿与此文结缘的众生早证菩提。

悦颀

2015 年 8 月

由于珍惜和感激，我们做任何事情都自然而然心怀恭敬。在这个浮躁散乱的年代里，很少有人能静下心来庄重而专注地做事，所以我们的生活中少了很多优雅的东西。喜乐帮助我们找回内心的庄重和优雅。

——希阿荣博堪布

一根电线

2013 年的扎西持林莲师会供法会，我和师兄提前来到莲师坛城。在坛城前面的草地上，左右两个角落里竖着两个大音箱。音箱各有一根铜紫色的电线越过草地延伸到法座旁的音控台，喇叭里正传出法王如意宝那极具加持力的唱诵——“嗡啊吽班匝格热巴玛色德吽”。

村民不断向这儿会集，找寻可坐的地方。这时，师兄示意我看前面，我一抬头，看见几个年老的觉姆正在前面走，走到音箱线跟前，停了下来。我急忙想跑过去问有什么问题，只见她们弯下腰捡起电线举过了头顶，缓缓地从电线底下钻了过去，又反身小心翼翼地把电线放回草地才离去。

我问师兄："有什么问题吗？"

师兄说："她们不跨电线。"

"为什么？"

"你想，里面有法王如意宝的声音。"

"一根电线嘛，有关系吗？"

"佛像也是金属、泥巴做的。经书法本，从物质的角度，不也只是纸张和油墨吗？声音以01（二进制）方式发送和解码，难道不是三宝的化现？"

"这是她们对法王如意宝的恭敬心和信心。"

正说着，又有几个藏族村民举线屈身而过，很习惯的样子……我陷入了沉思。

为什么？这样的恭敬心是怎么来的？是否源于他们在内心对上师三宝无伪的信心和恭敬？

礼敬三宝是皈依后每一个佛弟子基本的修行。当我站在佛像前，或者在佛堂里恭敬地向上师三宝顶礼、发愿的时候，自以为在这方面已经做得很好了，对上师三宝的信心和恭敬毋庸置疑。经过一些看似很小的事情之后，才发现自己这种信心和恭敬心其实非常肤浅。

记得有一次和师兄们说起八关斋戒，我不自觉地有一两次直呼授戒师的名字。一位师兄打断我的话："师兄，不好意思，我实在忍不住要提醒一下，可不可以请您在名字后面加上'堪布'两个字，这样直呼其名我心里觉得难受。"

我想起《普贤上师言教》中也有着这样的记载：从前阿底峡尊者的一个弟子直呼尊者的名字："觉沃，给我加持。"尊者说："坏弟子，恭敬一点吧！"我由衷地感谢师兄的直言不讳，她让我认识到恭敬心不只是停留在法本上的理论。

普贤菩萨十大愿的第一愿就是“礼敬诸佛”。《普贤上师言教》中讲到皈依的时候，特别讲到：虽然三宝具有不可思议的悲心与加持，但想要使之融入自相续，唯一还是要依赖自己的信心和恭敬心。“依靠一佛像，三人得成佛”的公案中，那个拿旧鞋子为小佛像挡雨，天晴时把旧鞋子拿开的人最终能够成佛，依靠的就是他们对三宝发自内心的时时刻刻的恭敬心。

他们从小受到佛法的熏陶，对上师三宝的恭敬超乎想象。

一位师父曾讲过一个故事。当年他们在看《夜海航灯》的碟子时，只要出现法王老人家的法相，身边的藏族人就会站起来顶礼，对上师三宝的信心和恭敬早已融入他们的相续，无论上师三宝以怎样的方式显现，他们都如见真佛般顶戴。他们的信心和恭敬没有丝毫的犹豫和做作，心里的恭敬，在行为上自然地流露出来。

平时自己喜欢用上师法相做屏保，这里自然有时时忆念上师，生起欢喜心的成分。记得有一次，共修完毕后，随手放在地上的手机不知被什么碰了一下，手机屏幕被打开，一眼就看见屏幕上上师微笑的法相。心里突然一怔：这样会不会对上师不恭敬呀！我拿起手机，看着被随意当作屏保的上师法相，有些慌乱。每次拿起电话就会在屏幕上划一下，而这样的行为每天却要重复很多次。想想藏族人见了电视里法王的法相都要顶礼，我不禁为自己的行为感到惭愧。

一般而言，当实实在在的佛像、经书放到我们面前或者上师出现在我们面前的时候，我们可以很虔诚地表达自己的恭敬。但是，当上师三宝以另一种方式出现的时候，自己却视而不见或者犹豫是不是应该同样地“恭敬”。与藏族人那种骨子里的“信心”相比，我们的信心和恭敬心的修持还需一个漫长的过程。

2013 年 1 月，我见到了上师，在场的每一个信众都得到了上师赐予的金刚结。之后，上师又拿出一些礼物，大家再次上前去接。上师一边发加持品，一边哈哈大笑："你们太贪心了！"回来后，我随手将加持品放在佛堂的书架上，那一刻，我突然想起上师貌似玩笑的话，原来上师在不知不觉中指出了我修行中的问题。上师赐予的加持品是我恭敬心的对境，是为了增上我们的信心和恭敬心，而我却是拿的时候急着要，得到后就随意地放在一边。加持品越攒越多，自己的恭敬心却没有增加多少。

经书上说：如果自己具有上等的信心与恭敬心，那么所得到上师三宝的悲悯与加持也是上等的；倘若具有中等的信心与恭敬心，所得到的悲悯与加持也是中等的；假如仅仅具备下等的信心与恭敬心，就只能获得少许的加持与悲悯；如果根本没有信心和恭敬心，那么绝对不可能得到上师三宝的悲悯与加持。

心怀恭敬就是对上师三宝的法供养，能让我们快速积累资粮，生活中的点滴欢喜和愉悦，修行路上所有的收获都源于上师三宝的慈悲和加持。**对上师三宝的恭敬，是为了自己的修行。不如法，佛菩萨不会怪罪，而是妨碍了自己的修行。**

众生皆具佛性，对上师三宝的恭敬心，也包含着对其所护佑的芸芸众生心怀恭敬。"明观福田"是上师在《同生极乐国》中开示的往生四因之一，有缘来到面前的每一个众生，甚至万事万物，都应被视作福田。有了对众生的恭敬，就不忍对他们造成伤害。即使那些伤害过我们的人，也应保持恭敬。《佛子行三十七颂》中有这样的偈颂："何人大庭广众中，揭露吾过出恶语，与彼亦作上师想，恭敬顶礼佛子行。"

我开始明白上师总是让我持咒、磕头、修加行，原因之一就是让我逐渐放下各种不切实际的想法，消退好高骛远的冲动，从皈依的基础——信心和恭敬心开始，在平实的生活中体会修行。

接着电线的喇叭里，法王如意宝念诵莲师心咒的声音源源不断地传来，将我的思绪重新拉回到法会的现场。伴随着坛城上五色旗飘动的风声，法王的诵咒声更加宁静、庄严。

一根不起眼的电线，却传递出日常生活中最基础、最重要的修行。

扎西宁玛

2013 年 8 月

不往内观照，无法真正消除迷惑；不心怀温柔，修行便只剩下受苦。慈悲不仅是针对他人，也针对自己，并且首先是针对自己。缺少对自己的慈悲，很难真正对他人慈悲。

——希阿荣博堪布

秋天的回响

顶礼供养皈依至尊大恩根本上师！

威尔伯得救的时候，秋天的叶子还没有落尽。他问夏洛：“你为什么救我？”夏洛说：“因为你是我的朋友。”

这是《夏洛的网》（*Charlotte's Web*）里的故事。小猪威尔伯原本要在圣诞前夕被农场的主人宰作美餐的，但蜘蛛夏洛在蛛网上织出有关威尔伯的字，令主人由此“圣迹”相信威尔伯非同寻常，因而免却了威尔伯的杀身之祸。不过，当威尔伯那般问她时，夏洛还说：“更何况，活着又是为了什么呢？生下来，活一阵子，就死去了。蜘蛛的一生为着网捕吃虫，注定是很糟糕的。或许，我想通过帮助你让我的生命有所升华。（By helping you，perhaps I was trying to lift up my life at rifle.)”最终的最终，威尔伯因着夏洛的帮助，从此不用再害怕冬天的来临，而夏洛自己的生命却散落在晚秋的风尘中。

出家后不久，我问上师什么是佛，师说佛就是没有烦恼。“你有烦恼吗？”师问。我想，我有烦恼，但它们并非常驻，又似堪忍；而出家修行却是更苦。所以，看见夏洛的回答，我既体会到生的悲凉，又瞥见它背面的一星光亮。

生而为人，我比蜘蛛有太多选择的自由和改化的机会。但是，我还是会想，我死的时候，是否能比夏洛更好些？她至少救了威尔伯的命，而我会因为什么而超越现在这个人身？星光的灿烂，我要怎么做才能触摸到？

9 月的扎西持林，秋寒已弥漫在滴答的雨中。入夜后我常有些不知所措，因为电线断了没有灯；眠中会被落在脸上的水催醒，因为寮房漏雨了；早早醒来又冷又不爽，因为没有习惯了的咖啡。摸着黑烧钢炉，要花不少时间才能把炉火点旺，于是我会忍不住想念以前的生活和老得如梅干的母亲。掉着眼泪很努力很努力地去点燃那些潮潮的小木片，我也会想到那个在《卖火柴的小女孩》（*Den Lille Pigemed Svovl stik kerne*）里的女孩。如果她在那个圣诞夜点燃最后的火柴时，所寄念的是同她一样在华夜里受冻挨饿的贫孩，而不仅仅是那告诉她当流星划过就有一个灵魂升入天国的故世的奶奶，她的来世应该会很不一样吧。我愿自己点燃的那一小片火光，可以献给天下所有的母亲和小孩，愿他们慈暖常随，慧亮常照。

我感念上师，让我**相信并实践着原本庸碌短暂而又苦空无常的生命，可以因思益有情而寓意于举心动念**：转山时，愿自与众生都向解脱迈进；供水时，愿自与众生早日资粮圆满；洗漱时，愿自与众生业障清净；吃饭时，愿此安乐供养诸佛众生；礼拜时，愿早悟心佛众生，三无等差；睡觉时，愿共众生同往净土……

寮房的前面经常会有人走过，后面则紧挨着居士楼。我曾说，好吵！师却说，安住！我依旧觉得出家很苦，修行是累，但在这对苦的忍耐中，我想知道，什么是如如不动，无生法忍。

May I always remember the kindness of my lama.

贝玛拉嫫

2014 年 2 月

持续的修行使你安静而敏锐，不仅更能欣赏一个人的好，也更能觉察他身上的局限性，并因此悲悯疼惜，你知道他因局限性而烦恼受苦，不自知不自主。每个人都或远或近是另一个人生命的一部分，他的局限也是你的局限，他的苦也存在于你的生命中，而你的清净会给他带来清凉，你的精进修行也指向他的幸福、自由。

——希阿荣博堪布

最美妙的旅行

上山之前，父亲并不知道，他的女儿早已皈依。此行，我以十分忐忑的心情，“哄骗”他一起来到扎西持林。

交代一下前缘。我的家庭比较开明，父母与我的关系不像是教育与被教育，更多的是彼此滋养。幼年时，他们就很尊重我的想法，力图培养我的独立精神和自由人格。在其理解、支持、信任之下，我得以破万卷书，行万里路，见识了广阔的世界和复杂的人性，不断放大内心格局。因此，我不囿于红尘事，常想探求宇宙人生的真理与本质，最终有缘亲近佛门，皈依上师。

我故意在家里不同位置放了师父的著作，父亲会偶尔翻看，但我不曾刻意宣说。因为遭遇了一些变故，父亲承受的很多，精神压力大，情绪也低落。这次出游，他以为只是随我散散心。飞机落地，我才跟他提到，咱们可能会见到那些书的作者，还有一些很真诚很优秀的朋友。

同处一室的师兄们人格贤善，皆是大德修为，常常照顾和帮助我，于此深深感恩。道友之间畅快地交流着佛法，父亲耳濡目染，或许在无形中受到了影响。第二天，大家一起去拜见师父，父亲也去了，我在房间针灸没能前往。几小时后，他们回来争着告诉我：你老爸皈依了！

那一刻的我百感交集，泪水夺眶而出。这个消息，我似乎等了很久，又似乎未敢奢望过。我的父亲，一个原本坚定的唯物主义者，如今在扎西持林圣地，在希阿荣博堪布座下，成为清静佛子。一周之内，他又接连受了居士戒和密乘戒，快速完成三级跳。

父亲随时与我探讨种种疑问，不断增上对佛法的信心，虔诚且精进。他总是伴着清晨露水独自去转山，有时傍晚会再转一次。上了年纪的他腰椎间盘突出，却贴着膏药，忍痛坚持参加每天的法会。我看在眼里疼在心中，而他从不耽搁也不抱怨。

父亲天性仁厚，总是乐于助人。他像个老顽童一样，在山间跑来跑去，帮师兄们干活，帮工人抬东西，帮僧侣洗衣服，帮食堂做饭刷碗，帮锅炉房烧开水……处处都有他的身影，忙得不亦乐乎。组织大家报名发心做事的时候，他却从来不肯去写下名字，一心只想默默奉献。

有件小事让我颇为感动。某天凌晨两三点，他起夜去卫生间，借着昏暗的灯光，看到一只灰黄色的蛾子掉进了小便池，正在痛苦挣扎。当时画面让人难免有些不舒服，正常反应大概是忽略或者逃避。父亲却想到既然已皈依，就不能杀生也不能见死不救，于是用手轻轻把蛾子捏了出来，放在干爽的地面上，直到它慢慢爬走才放心离开。

佛陀说一切有为善法中，救护有情的生命，功德利益为最大。上师也在《次第花开》中开示：哪怕只能救护一个生命也是有意义的。父亲在无人知晓的深夜，从肮脏不净的环境中，拯救了一只丑陋的飞蛾。他说这没什么，因为众生平等啊，它们也知冷暖，知痛痒，知喜悲，和我们一样。

带父皈依，是上师与圣地的加持，是他的善根与福报，是宿世因缘成熟。父亲说此行收获很多，打开了人生新境界，要感谢女儿。其实女儿更要感谢他，践行菩提心，身教胜于言传。**良好的亲子关系，不只是教育与被教育，更多的是彼此滋养。**

文学作品中常言，女儿是父亲上辈子的情人，这大概是美丽的戏说。暂且不论前世，如今能确信的是，我们父女会是生生世世的金刚道友，直至解脱轮回，证悟佛果。弘法利生，同愿同行。

悦颀

2015 年 9 月

行苦是一种更深刻也更细微的痛苦。它指陷于轮回的众生整个存在状态的无奈、不圆满、局限。身心受到业力牵制，被重重烦恼束缚。普通人的生命皆是由烦恼中来，到烦恼中去，全然不得自主地流转。

——希阿荣博堪布

归去来兮

住在加州的时候，冬天会见到一种蝴蝶，每当北部的夏末与霜冻之间，它们会从渐渐变寒的落基山脉之西历经二十多天，飞往温暖的加州中海岸过冬，然后再于次年的春天沿着相同的路线飞回。六千多公里的迁徙，比之北京成都的两个来回还要长；要飞越的高度，有时又会比峨眉山还要高。更不可思议的是，对这些蝴蝶来说，每一次的西迁都是它们生命中的第一次，也是最后一次。因为过冬后，初夏前出生的蝴蝶，平均寿命只有大约两个月。从上一年迁徙的蝴蝶离开到再一次迁徙，虽已经历了几代的生命，这么辛苦的轨迹，却并未因生命的更替而被忘却和停止。

通常，人们将这种蝴蝶称作“君主蝶”（Monarch butterfly）；

但在大洋洲，它又被叫作“漂泊者”（wanderer）。

春夏秋冬里，也有个西漂东泊的我，每隔个三来年，会从一个地方，迁到另一个地方。对面相逢，又擦身而过，那样地飘忽不定，流转往复，实是想圆一个安顿下来的梦。只是，身影虽移过了不少的锦绣都市，却终未在那些繁华里蔓生出些许的芽苗。海外未曾有我的根，故土亦不再是我的家。所以，我常怕这暮秋深冬，一个人走在铅灰的天空下，经着冻飕飕的风吹来，心就悠悠地荡了出来，又弥散开去，歇下的企望似失了一分，没有着落的感觉则似添了一层。

最近的每一年夏天，我努力前往的是一个非同一般的洲——扎西持林（吉祥宝座洲）。原本只是暂歇一脚，它却告诉我，要停下的，不一定是脚步，而是心念的轮转：放下痴迷的追逐，转身回对自己，其实比逆旅更不易与必需。“恰似灯下故人，万里归来对影。”认得吗？

在扎西持林，从早到晚，我依旧做着许许多多的往复：每一场起寐，每一顿餐前食后，每一次转山，每一轮转经筒，每捻一圈念珠，每一个入座出座，还有反反复复的好好坏坏，疲厌欢欣，骄傲自卑……通常是无知无觉。有些时舍了尘劳，偶尔的间隙，我也会试着去看一看，那莫名起灭的背后，到底是什么？不同的是，在那里的每一天，不管有着怎样的欢喜与不欢喜，我好似既靠近不了，又逃离不去；唯一能做的，就是面对。因为，上师就在我的面前。

扎西持林曾召开过普巴金刚法会，近十天的僧众共修，参加者必须行持特有的戒律，包括不能洗漱。师说，你可以的。但是，开头的两天，真的很难忍，譬如洗碗的时候，总有一股想洗手的欲望。又过几天，反倒开始觉得方便：晚间可以和衣而睡；闹钟响了，便起床出门；停水了，不再有太多关碍；太阳出来了，不用惦记一层层涂防晒霜……要做的，只就天没亮去坛城念经，黄昏时再重返僧舍的往复。只是我知道，这方便的感觉，对我而言并不是因为放下，而是又一个渐渐形成的习惯。只因逆着宿习，省了尘劳，才体味到些许近似放下的轻松。

所以，法会结束后，我还是很高兴地做了一个大清洗，还是很高兴可以每天刷牙洗脸。其实，洗与不洗的本身都非关要。我想，要理会的是，在净与不净、洗与不洗间，我有否跟着贪著、眷恋、厌恶、担忧；在贪著、眷恋、厌恶、担忧的当下，我有否识得原本没有染净的平等。说实在的，我一直的习惯，是绕着地球追着空华辛苦流转，相信着这世界长短高低酸甜苦辣的真实；而扎西持林有着诸多的方便，让我在每日同样是不停的日用往复中，学着用未有的回转去打破一些原有的惯性。这些回转，并不是为了让我单纯地去执守，而是让我能明了。

或许，我们大多数人所做的每一件事，都是一种轮转——有的是无奈，有的是乘愿；有的是往上，有的是下堕；有的是净业熏习，有的是染业熏习……“世为迁流，界为方位。”很久以来，我都在用微脆的生命，痴执疲劳地顽固地对待着这个世界：**每一个心念都是一个娑婆；每一份执着，都是一程延续。**

但如果，每一次去扎西持林，都是为着能早日停下这无尽无奈的枉然轮转，那么，这样的旅程，将是所有轮转中最值得的往复。

愿共诸众生，同生极乐！

May I always remember the kindness of my lama.

贝玛拉嫫

2014 年 3 月